AF215064

Revolution im Staat Vegania

Dieser Roman ist urheberrechtlich geschützt.
Alle Rechte vorbehalten.
Die Verwendung der Texte – auch auszugsweise, ist ohne die schriftliche Zustimmung der Books on Demand GmbH und des Autors rechtswidrig und wird zivilrechtlich verfolgt. Dies gilt insbesondere für Vervielfältigung, Übersetzung oder Verwendung in elektronischen und digitalen Systemen.

ROMAN SATIRONI

Revolution im Staat Vegania

Satirischer Roman

Bibliografische Information der Deutschen Nationalbibliothek.
Die Deutsche Nationalbibliothek verzeichnet diese Publikation in
der Deutschen Nationalbibliografie; detaillierte bibliografische Daten
sind im Internet über http://dnb.dnb.de abrufbar.

© 2019 Roman Satironi

Satz, Umschlaggestaltung, Herstellung und Verlag:
BoD – Books on Demand, Norderstedt
Covergrafik: Creatarka/ Shutterstock.com
ISBN 978-3-7494-0205-2

Staatsgrenze zum Kleinstaat Vegania, Grenzübergang »Veganathal«:

Felix Krittin verließ die deutsche Bundesstraße 167 zwischen Liebenwalde und Groß-Schönebeck in der von Seen, Wäldern und Feldern geprägten südlichen Uckermark. In nördlicher Richtung steuerte er mit seinem Hybrid-Toyota Prius den Grenzübergang zum Kleinstaat Vegania nahe dem Ort Hammer an. Es war der einzige Straßen-Grenzübergang von der Bundesrepublik Deutschland in das größte Veganatsgebiet des aus drei Veganaten bestehenden Ministaates, der Übergang zum Veganat Veganathal.

Schon aus ein paar Hundert Metern Entfernung erkannte er den grün-weiß-rot schräggestreiften Schlagbaum mit dem kleinen Wachgebäude und daneben ein Vegapol Einsatzfahrzeug in der gleichen Farbgebung. Der Schlagbaum lag allerdings ca. 15 Meter hinter der rechts und links durch entsprechende Markierungsbaken gekennzeichneten Staatsgrenze.Der grün-weiß-uniformierte Wachtposten der veganen Staatspolizei Vegapol winkte Krittin heran, mit seinem Wagen auf die schräg markierte Bodenfläche vor dem Schlagbaum einzufahren.
Felix Krittin fuhr die Seitenscheibe herunter, der Wacht-

posten trat heran und fragte in kühlem Ton: »HeVegan oder guten veganen Tag. Darf ich Ihren Personalausweis sehen und erfahren, was Sie in unser Staatsgebiet Vegania führt und zu wem Sie dort wollen?« Der dreißigjährige Journalist mit blondem Kurzhaar und braunen Augen zückte seinen Ausweis – und zwar seinen Presseausweis – sowie ein Akkreditierungsschreiben, das er vom Presse- und Informationsamt »Vegania Press« erhalten hatte.

»Felix Krittin, Fachredakteur des Magazins ›MyLife aktuell‹ aus Berlin. Ich habe einen Termin mit Ihrer Pressechefin Vanessa Kreuter.«

»Soso, aus Berlin, das sehe ich auch schon an Ihrem Kennzeichen ...«, stellte der Wachbeamte gedehnt fest und nahm beide Dokumente unter seinen kritischen Blick.

»Wir haben dazu keinerlei Vorabmitteilung von Vegania Press erhalten. Fahren Sie bitte rechts ran – wir müssen das erst prüfen!«

»Ja, reicht denn das offizielle Akkreditierungsschreiben von Ihrer Presseinstanz nicht – wie lange soll ich dann hier noch warten?« meinte der Journalist unwillig.

»Sie scheinen – und noch dazu als Journalist – nicht zu wissen, dass sich hier in unser Staatsgebiet schon so mancher ausländische Kfz-Fahrer unter Vorspiegelung falscher Tatsachen eingeschmuggelt hat, um unser veganes Staatswesen und Hoheitsgebiet später in unzulässiger Weise zu diffamieren. Also Sie warten hier – oder Sie kehren um und fahren dahin, wo Sie hergekommen sind!«

»Okay, Herr Vopo«, knurrte Krittin und zuckte die Schultern.

»Das mit dem Vopo habe ich nur einmal nicht gehört, verstanden? Ansonsten gibt es für Sie hier nichts zu besuchen!«

»Es reicht ja, wenn Sie es einmal nicht gehört haben«, seufzte der Journalist, während der Beamte mit den Papieren in das Vegapol-Wachgebäude marschierte.

Nach gefühlten fünfzehn Minuten kam er wieder und reichte Krittin die Dokumente zurück ins Fahrerfenster.

»Okay, das Akkreditierungspermit ist echt, aber Frau Kreuter hat momentan noch eine interne Besprechung. Bis zu Ihrem Termin in Veganathal haben Sie noch fast eine Stunde Zeit. Als mitunter investigativ schreibender Journalist genießen Sie hier allerdings nicht unbedingt großes Vertrauen. Machen Sie hier also gefälligst keinen Trubel!«

»Soso, na ja, ein reiner Jubel-Schreiber bin ich sicher nicht. Aber zwischen Jubel und Trubel ist noch ein kleiner Unterschied«.

»Ja, dann kommen wir mal zu den weiteren Formalitäten. Ich müsste dazu einmal in Ihren Kofferraum schauen – und außerdem: Sie wissen ja wohl, dass Sie als ausländischer Autofahrer hier Veganatsgebühr zahlen müssen. Benziner- und Dieselfahrer zahlen 25,– €, Hybrid-Fahrer 15,– € und nur Elektrofahrer zahlen nichts. Wenn ich also für Ihren Hybrid 15,– € bekommen könnte!«

Felix Krittin zuckte allmählich grinsend mit den Schultern: «Das alles erinnert mich an vergangene Zeiten, von denen wir eigentlich hofften, sie endgültig hinter uns gelassen zu haben – hier also Ihre 15,– €!«

»Ich will hier gar nicht fragen, was Sie damit näher meinen – sonst: na, Sie wissen's ja! Und zu grinsen gibt es für Sie auch nichts. So, hier Ihre Quittung, die Sie bitte hinter der Frontscheibe sichtbar auslegen. Und nun steigen Sie mal aus und machen den Kofferraum auf!«

Felix Krittin verdrehte ergeben die Augen, stieg aus und tat wie ihm befohlen. Der Beamte sah den Trolley-Koffer und die Laptop-Tasche.

»Bitte mal den Koffer öffnen!«

Krittin tat auch das seufzend. Der Vegapolizist fasste unter die Übernachtungssachen im Koffer, hob sie an, »blätterte« sie durch seine Hände und meinte plötzlich in scheinbar großzügigem Ton: »Okay, Sie können fahren – obwohl ich gesehen habe, dass Sie nicht-vegane Lederschuhe und einen nicht eindeutig veganen Pullover dabei haben. Diese vermerke ich noch auf Ihrem Permit unten, damit Sie sie auf jeden Fall auch wieder mit ausführen!«

»Aha – und meine Wildlederbrieftasche, meinen Hornkamm, mein Lederportmonnaie und meine Autoschlüsseltasche schreiben Sie nicht auf?« fragte Krittin fast missbilligend.

»Gut, dass Sie diese erwähnen! Natürlich!« Er schrieb etwas auf das von Krittin zurückgereichte Papier und gab es ihm wieder.

»Ich wollte diese persönlichen Dinge hier eigentlich gar nicht verschenken oder verkaufen«, bemerkte der Journalist.

»Haben wir es jetzt? – Nun muss ich mich nach der langen Grenzprozedur beeilen, meinen Termin bei Vanessa Kreuter zu schaffen!« erklärte er.

»Ja, dann beeilen sie sich mal etwas. Aber beachten Sie das überall gültige Tempolimit von 30 bzw. 20 kmh – und dass Sie zunächst im »Hof Veganathal« Quartier nehmen und Ihr Auto für den Aufenthalt in Vegania dort auf dem Parkplatz stehen lassen. Freie Fahrt haben bei uns nur Elektrofahrzeuge und Fahrräder. Aber wir haben Elektro-Taxis für Besucher.«

»Aha, alles elektrisch. Aber vor Elektro-Smog haben Sie keine Angst?« fragte Krittin mit spöttischem Unterton.

»Das ist nicht meine Zuständigkeit«.

»Soo ... für die Angst sind also andere zuständig«, stellte er fest. »Übrigens noch eine andere Frage: Wie kam eigentlich das Betreten-Verboten-Schild dort mitten auf den Rasen? Wurde es per Hubschrauber in den Boden gerammt?« fragte er.

»Na ja – wenn ein Veganer auf dem Rasen stolpert, könnte er ja schließlich ins Gras beißen«, fügte er hinzu und fuhr schnell durch den hochgehenden Schlagbaum, ehe sich's der Vegapolizist vielleicht wieder anders überlegte.Was ihm aber auffiel, war eine plötzlich hoch über ihm auftauchende weiße Drohne, die ihn bis zu seinem Ziel verfolgte.

***

15 Minuten vor seinem Termin 10.00 Uhr erreichte Felix Krittin den Besucher-Parkplatz vor dem »Hof Veganathal« im Zentrum der veganischen Hauptstadt »Veganathal«. Diese 3.000 EW-Stadt nördlich von Hammer war zugleich Regierungssitz des Veganats Veganathal. Dieses war mit 6.500 EW das größte der drei Veganate des inzwischen sieben Jahre bestehenden Kleinstaats, der insgesamt 9.935 EW beherbergte und hoffte, bald die 10.000er Marke knacken zu können.

Mit seinem Rollkoffer und seiner Laptop-Tasche betrat er die Lobby des relativ spartanisch mit ›knochenleimfreien‹ Bambusmöbeln und Jutekissen, aber viel Grün ausgestatteten 20-Zimmer-Hotels und meldete sich am Bambustresen der Rezeption.

Die in Hellgrün mit dunkelgrüner Schürze gekleidete Empfangsdame begrüßte ihn mit zurückhaltend freundlicher Stimme und mit erhobenen, im 90 Grad-Winkel gegeneinander verdreht gefalteten Händen: »HeVegan! Dürfen wir Sie mit unserem Veganischen Gruß im schönen Veganathal begrüßen!?« fragte sie mit leicht schwäbischem Tonfall.

»Ich weiß nicht, ob Sie das dürfen«, entgegnete Felix Krittin leicht spöttisch. »Wenn es denn die Vegapol erlaubt …. Ich selbst bin nämlich kein Veganer, nicht einmal ein reiner Vegetarier«.

Die Empfangsdame mit dem Namensschild »Hilde Schorrle« an der schmalen Brust wurde noch etwas reservierter: »Sooo, kein Veganer also ….. was führt Sie zu uns?«

»Ich habe eine Zimmerreservierung, vorgenommen über das Büro von Vanessa Kreuter. Felix Krittin ist mein Name, Journalist aus Berlin.«

»Sooo, auch noch aus Berlin …«, antwortete sie wiederum gedehnt. »Mal sehen, ob wir Sie im Anmeldesystem haben«. Sie tippte kritisch auf der Tastatur ihres PCs herum. »Ah ja, tatsächlich. Hier stehen Sie ja!«

»Stimmt, ich stehe hier tatsächlich vor Ihnen«, bestätigte Krittin trocken.

»Zimmerle 11 im Seitenflügle, erster Stock«, bemerkte Hilde Schorrle kühl und griff nach hinten, entnahm einem kleinen Fach die elektronische Zimmerkarte und legte sie auf den Tresen. »Für Sie ist auch ein Elektrotaxi bestellt. Geben Sie am besten Ihren Autoschlüssel hier ab, wir legen ihn ins Fach Nr. 11. Wenn Sie Ihr Gepäckle noch ins Zimmer bringen und wieder runterkommen, dürfte das E-Vegan-Taxi da sein!«

»Aha …. Und darf man bei Ihnen später auch essen?«

»Natürlich«.

»Ja, schon natürlich – also vegan oder auch nur vegetarisch?«

»Natürlich nur vegan! Nur vegetarisch wäre inkonsequent und eben nicht im veganen Sinne!«

»Narürlich, natürlich«, meinte Krittin nickend. »Oder muss es heißen: vegan, vegan?« Und schon lief er mit seinem Rollkoffer zur Treppe.

»Wollten Sie mich auf den Arm nehmen, Herr Journalist?« fragte Hilde Schorrle provozierend hinter ihm her.

»Ach, wie denn? Tut mir leid, aber ich habe ja beide Hände voll!«

Das »Zimmerle« 11 entpuppte sich auch nicht unbedingt als 4-Sterne-Standard. Nicht nur, weil es seitlich zum trüben Innenhof gelegen war, sondern auch mindestens 1 Stern besser als ein Jugendherbergszimmer ausgestattet war. Alles, was man zum Übernachten brauchte, war da – zumindest wenn man ein Spartaner war. Allerdings gab es drei Bilder mit leidlich gelungenen Kräutergemälden an der Wand gegenüber dem harten Bett, die mit »Rainer Kreuter« gezeichnet waren. Und ein Flachbild-TV-Gerät, auf das als 1. Sendeprogramm natürlich der staatseigene Sender RTV Veganus fest gespeichert war.

***

Etwa zur gleichen Zeit hatte Rainer Kreuter, Staatsgründer und zugleich verwitweter Vater der staatlichen Pressereferentin Vanessa Kreuter, seine attraktive brünette Tochter in sein mit vielen heimischen Grünpflanzen ausgestattetes Amtszimmer zitiert. Dieses lag in der Staatsveganei am zentralen Donald Watson Platz (benannt nach dem Gründer der Internationalen Vegan Society).

»Vanessa, du hast ja gleich deinen Termin mit diesem Berliner Artikelschreiber Krittin …«, begann er in bedenklichem Ton. »Und da möchte ich dir noch ein paar ernstgemeinte Verhaltensmaßregeln mit auf den Weg geben. Du weißt ja, dieser Krittin hat sich auch schon mehrmals als ziemlich investigativer Journalist entpuppt, der das was man ihm bei Interviews mitteilte und übergab, sehr einseitig und polemisch ausgerichtet wiedergab. Hättest du nicht einen unserer Sache besser gewogenen Pressegesprächspartner auftun können?«

»Vater, ich bin kein Presselaufmädchen für deine Belange mehr!« entgegnete ihm Vanessa aufbegehrend. »Ich weiß inzwischen sehr genau, was ich tue und was ich zu beachten habe. Außerdem hat sich der Verleger Ralf Vartheit von MyLife aktuell von selbst gemeldet und seinen Redakteur Felix Krittin als seriösen Gesprächspartner angekündigt. Dieser will angeblich sehr objektiv über unser Staatswesen, seine Historie und unsere nationale Philosophie berichten!«

»Objektiv? Sowas gibt's bei den Medien nicht. Na, das kann ja heiter werden«, meinte ihr Papa, der sich als hochgewachsener Endfünfziger mit grau-weiß-meliertem Kurzhaar und natürlich dunkelgrünem Sakko zu hellgrüner Hose stets staatsbewusst gab. »Dann achte genau auf deine Worte, die du von dir gibst und wähle gut aus, was du ihm zeigen willst! Und dränge darauf, dass Krittin dir seinen Report vor Abdruck zur kritischen Freigabe vorlegt – sonst bin ich – und sicher auch dein Bruder Philipp als außenpolitischer Sprecher – nicht mit einer Veröffentlichung einverstanden!«

»Papa, der Report der MyLife aktuell kann kein hochlobender PR-Artikel für Vegania werden – das wirft man uns ja da draußen sonst immer wieder vor – sondern ein unabhängiger, objektiver Bericht«, widersprach Vanessa stirnrunzelnd. »Ansonsten bekommen wir auch gar keinen Report in dem immerhin bekannten und renommierten Magazin. Wenn Krittin verbesserungswürdige Punkte oder Details aufdeckt, erhöht das doch insgesamt unsere Glaubwürdigkeit!«

»Sind wir auf so was angewiesen?« fragte Rainer Kreuter von oben herab zurück. »Wir sind doch stets glaubwürdig und ernstzunehmen – oder etwa nicht?«

»Ja, aber wie du weißt, haben wir auch schon genug Probleme mit unseren beiden extremistischen Veganatspartnern Veganistan und Roganeck. Das wird sich in einem objektiven Bericht gerade für die Bundesrepublik Deutschland nicht unterschlagen lassen. Andererseits könnten wir dadurch mediale Unterstützung gegen die Bestrebungen der extremistischen Außenseiter in unserem jungen Staatswesen von außen erhalten!

Noch dazu, da man auch von dort aus unseren innerstaatlichen Wahl- und Machtkampf nicht unbeobachtet lassen will. Da ist mir die renommierte MyLife aktuell als neutraler Berichterstatter allemal lieber als irgendeines der sonstigen eher polemisch gegen uns operierenden Blätter! Außerdem machen wir dazu noch ein Video-Interview, das auf unserer Webseite und der von MyLife aktuell gesendet werden soll!«

»Na gut, du musst es wissen, aber ich habe dich gewarnt! Und beziehe bitte unbedingt Philipp als Außenpolitik-Verantwortlichen in deine Interviewgespräche mit ein!«

Vanessa seufzte leicht ergeben: »Na schön, aber nur dann, wenn ich es für angemessen halte und nicht, dass Philipp ständig dabei sein muss. Er redet mir auch immer zuviel und einseitig mit rein als dein Stellvertreter, obwohl er auch nicht wirklich immer deiner Meinung zu sein scheint!«

»Ja, aber mir führst du diesen Krittin auch einmal kurz vor, damit ich ihn zunächst mal persönlich in Augenschein nehme. Siehe bitte auch Platz für meinen Kurzauftritt in deinem Video-Interview vor!«

»Okay, Bello«, meinte Vanessa.

»Hau´ schon ab, du Aufmupf – es reicht jetzt!« schnauzte ihr Vater und winkte ergeben ab. Vanessa verließ das Amtszimmer leicht ungehalten.

»Noch ist nicht aller Tage Abend«, murmelte ihr Vater unwillig vor sich hin. »Ich lasse mir von euch nicht die mühsam errungenen Ergebnisse meines veganen Staatsaufbaus einfach verwässern und aufweichen!«

***

Felix Krittins bestelltes Elektrotaxi stand inzwischen bereits vor dem von großen Pflanzenkübeln gesäumten Hoteleingang und schnurrte erwartungsvoll vor sich hin. Es war ein VW Milano E-Taxi in den Staatsdesign-Farben grün-weiß-rot – mit der auf der rechten Seite weit nach vorn aufschwenkenden Einstiegstür. Einen Beifahrersitz hatte es nicht, da an dessen Position der Abstellplatz für das Fahrgastgepäck vorgesehen war.

Der Journalist setzte sich nach hinten in den für das kleine Auto breiten Fond mit immerhin großer Beinfreiheit.

»Sie sind von Vegania Press geschickt? – Felix Krittin, mein Name«, fragte der Journalist.
»HeVegan! Richtig«, bestätigte der E-Taxifahrer im grün-weißen Overall. »Der Reporter aus Berlin für das Büro Vanessa Kreuter.« Die große Schwenktür schwang zu und schon surrte das Stromer-Taxi los – über den Bruno Wolff Platz (benannt nach dem ehemaligen VEBU-Chef) bis zum zentralen Donald Watson Platz. Dort fuhren sie auf den Parkplatz vor der »Staatsveganei der Unabhängigen Republik Vegania«. Auf diesem standen vor allem Fahrräder, E-Bikes, E-Roller und einige E-Taxis.

Den Fahrpreis von 4,80 €, der auf dem Touchscreen neben dem Fahrer sichtbar war, musste Krittin allerdings selber zahlen – und dazu gab er »großzügige« 20 Cent als Trinkgeld.
»Trinkgeld gibt es bei uns nicht«, wies der Taxifahrer fast beleidigt zurück. »Das sind überkommene und überholte Unsitten – und Geld zum Trinken lehnen Veganer grundsätzlich ab!«
»Ja, ja, ich weiß, Veganias Beamten sind unbestechlich. Manche nehmen nicht einmal Vernunft an«, murmelte Krittin leise.
»Okay, ich wollte Sie nicht verführen«, meinte er dann laut und strich die paar Cent wieder in sein Portmonnaie. »Mit 20 Cent könnte man ja auch leichtsinnig werden«.
»Sie brauchen uns nicht zu bespötteln, da sind wir immun dagegen – und außerdem sehe ich gerade, dass Sie

ein nicht-veganes Leder-Portmonnaie hier mit eingeführt haben. Das müssen Sie unbedingt wieder mit ausführen. Das wissen Sie hoffentlich!«

»Keine Angst – ich wollte meine Geldbörse samt Inhalt eigentlich gar nicht hier lassen. Das können Sie mir ohne Lügendetektor glauben!« war Felix Krittins Kommentar. Dann stieg er aus und fragte: »Wie komme ich nachher zum Hotel zurück? Per Pedes, per Leih-E-Bike, per Elektro-Rollschuhe oder E-Roller?«

»Das wird man Sie zu gegebener Zeit schon noch wissen lassen. Ansonsten wünsche ich Ihnen trotzdem noch einen guten veganen Tag!« Und schon schnurrte der Stromer wieder davon.

»Einen veganen und trotzdem guten Tag wünsche ich mir selber – mal sehen, ob das klappt und was da noch auf mich zukommt«, murmelte Krittin und ging die breite Staatstreppe hoch zur Eingangspförtnerloge der hellgrün verputzten Staatsveganei.

***

Felix trat mit seiner Laptop-Tasche an die Pförtnerloge und stellte sich vor:

»Guten Tag, Felix Krittin vom MyLife aktuell Magazin. Ich habe jetzt um 10 Uhr einen Termin mit Frau Vanessa Kreuter.«

»HeVegan oder guten veganen Tag heißt es bei uns«, begrüßte ihn der Portier im grün-weißen Outfit korrigierend. »Ihren Ausweis oder Reisepass und Ihr Zugangsdokument bitte!«

Der Journalist legte ihm Ausweis und Akkreditierung vor und meinte: »Hier das Dokument, natürlich chlorfrei gebleicht und vegan-tierleidfrei erzeugt und gedruckt – oder? Das ist alles außerdem schon mal an Ihrer Grenzstation überprüft worden.«

»Ja, natürlich«, bestätigte der Portier pikiert mit Nachdruck. »Und aus Sicherheitsgründen wird das alles hier nochmals getan! Ihre Spötteleien nützen da gar nichts.Unsere Staatsveganei war schon das Ziel wiederholter Eindring- und Anschlagsversuche. – Hier bitte, Ihre Dokumente sind aber soweit akzeptiert. Jetzt gehen Sie bitte durch diese Glastür zur persönlichen Sicherheitskontrolle!« Er drückte auf irgendeinen Schalter und die Panzerglas-Schiebetür öffnete sich automatisch.

Drinnen im Eingangsfoyer empfingen ihn zwei kurzangebundene Sicherheitsbeamte des Vegapol-Staatsschutzes VSV und unterzogen ihn mit strengen Blicken einer entsprechenden Leibesvisitation, wie sie an internationalen Flughäfen und anderen amtlichen Sicherheitsbereichen üblich war.

Erst dann durfte er weitergehen – und ihm entgegen kam eine schon freundlichere junge Frau in hell-dunkel-grünem Hosenanzug, die sich als Vanessa Kreuters Pressesekretärin Ramona Grüneburg vorstellte. Mit dem Fahrstuhl begleitete sie ihn in die oberste Etage des vierstöckigen Staatsgebäudes. Dort führte sie den redaktionellen Gast vorbei an mehreren Mitarbeitern, die hinter Glaskabinen an ihren PCs beschäftigt waren, direkt ins Büro von »Staatsveganiatin Vanessa Kreuter«, wie ihr Eingangsschild verriet.

Die Leiterin des Presse- und Informationsamtes Vegania Press trat Felix Krittin selbstbewusst, aber offen und freundlich entgegen. Die junge attraktive Brünette im gleichen Hosenanzugkostüm wie ihre Assistentin hatte einen festen, zugreifenden Händedruck. Sie war Felix Krittin auf Anhieb sympathisch, wovon er irgendwie selbst überrascht war.

Staatsgründer Rainer Kreuter hatte seine hübsche Tochter raffinierterweise genau an der richtigen Stelle in Veganias Staatswesen positioniert, denn sie strahlte sofort etwas aktiv Positives auf Besucher aus. Damit nahm sie jedem, der vielleicht vegankritisch voreingenommen hereinkam, von vornherein einen Teil des Windes aus seinem Segel. So auch Felix Krittin – er schaltete schon mal innerlich seine kritisch-spöttische Haltung einen Gang zurück.

Aber auch Vanessa Kreuters freundlicher Blick in seine Augen blieb einen ungewöhnlich langen Moment an ihm hängen. Er weckte scheinbar ebenfalls sofort ihr sympathisches Interesse.

Sie lächelte ihn an: »Es freut mich sehr, Sie kennenzulernen, Herr Krittin«, empfing sie ihn. »Ihrem Erscheinen eilte ja auch schon ein guter journalistischer Ruf voraus. Sie haben damit bei mir schon mal ein gutes Image. Sie gelten zwar als durchaus unabhängiger Berichterstatter mit z.T. auch kritischen Kommentaren, aber nicht destruktiv, sondern immer auch konstruktiv. Und das ist der Grund, weshalb ich mich auf das Interview eingelassen habe – und darauf geradezu gespannt bin!«

»In Ihnen habe ich, wie es scheint, eine interessante Gesprächspartnerin gefunden«, bestätigte Krittin erfreut und wiederum fast überrascht. »Das freut mich – und ich bin ebenso gespannt auf Sie und das, was Sie mir bzw. unseren Lesern zu sagen haben werden«, lächelte er erwartungsvoll.

»Gut, dann nehmen wir mal zunächst hier Platz, um unser weiteres Vorgehen abzustimmen«, schlug sie vor und zeigte auf die grüne Polstersitzgruppe gegenüber von ihrem großen Schreibtisch.

»Was darf ich Ihnen anbieten? – Einen Kaffee, Tee – oder ein spezielles veganes Getränk?«

»Ein veganer Kaffee wäre schön«, meinte er dankend. »Aber das ist Kaffee – ohne Milch natürlich – ja wohl eigentlich immer!«

»Wie wäre es mit einem Kaffee aus Fair Trade Anbau mit Mandelmilch ? Das ist vegan ....«, fragte Vanessa.

»Probiere ich gerne mal«, stimmte Felix zu und setzte sich ihr gegenüber.

***

Doch so frei und ungehindert, wie sich Felix Krittin und Vanessa Kreuter den weiteren Fortgang ihres publizistischen Vorhabens wohl erhofft hatten, sollte die Geschichte nicht einfach über die Bühne gehen. Denn im Hintergrund sollten sich bereits ohne ihr Wissen die ersten Hürden für sie aufbauen. Ausgelöst wurden sie von Vanessas Vater, der mit ihrem in seinen Augen zu eigenmächtigen Vorgehen so gar nicht einverstanden war. Immerhin bahnte sich in Vegania bereits auch noch der Wahlkampf zu der in drei Monaten anstehenden Parlamentswahl an. Bei dieser Volksabstimmung traten vor allem die drei Parteien gegeneinander an, die in den drei Veganaten jeweils die Mehrheiten repräsentierten.

Dabei ging es darum, dass Rainer Kreuters größte Partei »Vita Vegan« hoffte, möglichst mit der rechten »Nationalpartei Veganistans PicaVega« von Rudi Kahl eine Koalition bilden zu können. Denn die Macht seiner jetzigen Minderheitsregierung mit der allein, aber schwach regierungsfähigen Vita Vegan-Zentrumspartei sollte durch die angestrebte Koalition ausgebaut und gestärkt werden.

Dann hätte man nur noch die Puristische Roganer-Partei RogaPur, die in Roganeck mit der radikalen Milli Tantes an der Spitze das Sagen hatte, als einzige und kleinste Opposition auf der Gegenseite.

Rainer Kreuter wollte schließlich nicht umsonst unter viel äußerem Widerstand vor sieben Jahren die staatliche Unabhängigkeit vom Land Brandenburg und der Bundesrepublik Deutschland abgetrotzt haben. Schon gar nicht um sie vielleicht durch seine Nachfolger Vanessa und Philipp und deren wachsweiche Politik gegenüber bundesdeutschen Politikern und den ihnen nahestehenden Medien eines Tages wieder opfern zu müssen.

Wozu hatte man schließlich seine starke vegane Staatsschutzpolizei Vegapol, deren mit ihm befreundeter Chef und Staatsmitbegründer der stramme Polizeidirektor Roger Scharff war. Diesen hätte er außerdem schon länger gerne als künftigen Schwiegersohn gesehen, denn Roger Scharff war zugleich auch scharf auf Vanessa. Nur diese zierte sich bisher noch dagegen.

Aber wenn dieser ihm nicht unverdächtige Artikelschreiber Felix Krittin womöglich noch bei Vanessa positiv ankommen sollte, würde er sofort zum Rivalen von Roger Scharff werden bzw. dazu aufgebläht werden müssen, um in dessen Schusslinie zu geraten. Das musste ausgenutzt werden – und so rief Rainer Kreuter sobald nach seinem eher unfruchtbaren Vorgespräch mit Vanessa seinen alten Kampfgefährten Roger Scharff an.

»HeVegan, Roger, ich grüße dich vegan!« meldete er sich. »Ich habe heute ein Anliegen, das auch dich und die gesamte Vegapol interessieren dürfte ...«

»HeVegan, Rainer!« begrüßte ihn sein veganer Freund und Polizeichef erfreut und fragte erwartungsvoll: »Dann schieß mal los – äh, schießen gibt's ja bei uns nicht – dann mal frei heraus! Um was geht es?

»Du weißt doch schon hoffentlich, dass ein gewisser Felix Krittin, so ein investigativer Journalist von MyLife aktuell aus Berlin, die Grenze zu unserem veganistischem Staatsgebiet überschritten hat und einfach frei über unser Staatswesen schreiben will?« fragte er lauernd.

»Unser Veganathaler Grenzwachtposten hat es uns vorhin gemeldet und Vanessa hat uns ebenfalls eine Infomail geschickt. Aber wir hatten ihn auf dem Schirm unserer Beobachtungsdrohne«, bestätigte Scharff. »Wer hat da eigentlich auf unserer Seite die Akkreditierung und die Interview-Erlaubnis erteilt? Etwa Vanessa alleine?«

»Ja, leider«, nickte Rainer Kreuter ärgerlich vor sich hin. »Sie hat mich überrumpelt, indem sie eigenmächtig ohne Abstimmung mit mir vorentschieden und mich erst ganz kurz vor dessen Ankunft in nicht willkommene Kenntnis gesetzt hat! Inzwischen hat der Schreiberling schon im Hof Veganathal Quartier bezogen und wird gleich hier antanzen. Kannst du auf die Schnelle noch ein aktuelles Kurzdossier über diesen Krittin beibringen und mir umgehend hermailen?«

»Ja, wir sollten schon etwas über diesen sauberen Schreiberhengst im Systemarchiv haben. Ich kümmere mich sofort darum – und soll ich nicht besser selber zu euch kommen und schnellstens dazustoßen?« schlug Roger Scharff vor.

»Darum wollte ich dich gerade ersuchen … prima! Vanessa kommt mir nämlich schon so vor, als habe dieser Schreiberling bei ihr bereits von vornherein einen persönlichen Stein im Brett!«

»Au, dann muss dem ja gleich mal sofort das Brett weggezogen werden!« meinte Scharff in scharfem Ton

»Ich sehe, wir haben uns verstanden, Roger«, bestätigte ihm Rainer Kreuter erleichtert.

****

Das Gespräch zwischen Vanessa und Felix beim ersten veganen Kennenlern-Kaffee hatte kaum begonnen, als Vanessas Assistentin und Stellvertreterin Ramona Grüneburg es schon wieder auf höchste Anordnung vom Staatschef Rainer Kreuter unterbrechen musste .

»Vanessa, du hast dein Smartphone abgestellt …« Mit diesen Worten kam ihre Assistentin Ramona herein. »Ja, weil wir in unserem Interviewgespräch nicht gestört sein wollten!«

»Hier!« Ramona reichte ihr ihr eigenes Smartphone. »Nimm mein Handy! Dein Vater ist dran und will dich ganz dringend sprechen!«

Vanessa nahm das Handy und meldete sich genervt: »Was ist denn so Dringendes, Papa? Ich habe gerade das Gespräch mit Herrn Krittin angefangen.«

»Ja, eben, gerade deswegen!« tönte ihr Vater ihr entgegen.
»Dieses Gespräch muss aus schwerwiegenden Gründen
um vier Stunden verschoben werden! Wir – also außer mir
auch Roger Scharff – wir sind nicht damit einverstanden,
dass ihr beide alleine das Interview macht. Es war inhaltlich schließlich nicht mit uns vorher abgestimmt! Ich habe
mit Roger und auch schon mit Philipp und mit Milli Tantes
und Dr. Skleros telefoniert und wir sind alle der Auffas-
sung, dass wir kein Exklusiv-Interview nur bei dir alleine
wollen, sondern dieses auf eine große Aufklärungsrunde
mit Roger Scharff, Philipp und mir erweitern müssen. Deshalb verschieben wir den Termin auf 14 Uhr!« erklärte ihr
Vater in sehr bestimmtem Ton.

»Das war überhaupt nicht so abgesprochen, Vater!« ereiferte sich Vanessa empört. »Entweder du vertraust mir
und lässt mich erst einmal allein das Gespräch mit Herrn
Krittin führen – ergänzt meinetwegen durch kurze Nach-
interviews bei dir und Philipp – oder gar nichts geht! –
Oder was meinen Sie. Herr Krittin?« wandte sie sich an
den Journalisten.

»Mein Verleger und ich hatten uns auf das exklusive
Erst-Interview mit Ihnen als Veganias Presseverantwortli-
che vorbereitet und sonst nichts anderes!« erklärte er leicht
ungehalten.

»Vater, du hast es gehört? Herr Krittin ist heute nicht für
eine große Aufklärungsrunde vorbereitet und befugt!« gab
sie die Erklärung weiter.

»Gut, ich soll dir also vertrauen«, knurrte ihr Vater. »Zumindest erstmal soweit: Dann gehe mit Herrn Krittin um
die Ecke etwas essen – aber nur für ein erstes unverbind-
liches Kennenlerngespräch, zu mehr bist du zunächst von

mir nicht befugt!« entgegnete ihr Vater. »Aber das offizielle Interview hat erst um 14 Uhr stattzufinden – bei dir im Büro und mit mir, Philipp und Roger! Gerade Roger legt ganz besonderen Wert darauf – oder der Termin platzt ganz! Habe ich mich klar genug ausgedrückt, Tochter?« meinte er in scharfem Tonfall.

»Ziemlich klar, Vater. Okay«, seufzte Vanessa eingeschnappt. »Aber nur unter meinem Protest! Du schränkst mir immer wieder meine Kompetenzen ein!«

»Du wirst dich wundern, welchen Protest dein eigenmächtiges Vorgehen mit der Presse noch hervorrufen wird!« kündigte ihr Vater mit hämischem Unterton an.

»Es sei denn, du tust dich endlich mal näher mit Roger als unserem Sicherheitsverantwortlichen zusammen – auch privat, wie ich es dir schon mehrfach empfohlen hatte. Schließlich wäre er gar nicht abgeneigt!«

»Aber ich!« betonte Vanessa. »Und das weißt du!«

»Ja, leider. Dann wirst du es künftig nicht leicht haben im Staate Vegania!«

»Spar dir irgendwelche versteckten Drohungen, Papa. Mit Schwierigkeiten von deiner Seite muss ich wohl seit neuestem leben«, meinte Vanessa achselzuckend.

»Nicht nur von meiner Seite, Tochter!« murmelte ihr Vater vielsagend.

»Damit ist das Gespräch beendet … sozusagen: Roger«, meinte Vanessa trocken und reichte das Handy an Ramona Grüneburg zurück.

»Danke, Ramona. Melde uns beide bitte nebenan im Vegan-Time One zum Essen an. Einen Tisch im Fenster-Erker bitte!«

***

Das VeganTime One lag gleich um die Ecke in der linksseitig der Staatsveganei vom Donald-Watson-Platz abgehenden Kreuter-Scharff-Allee, in der auch das Vegapol-Präsidium seinen Sitz hatte.

Das als einziges Lokal Veganias etwas luxuriöser ausgestattete VeganTime One galt als Flaggschiff-Restaurant der veganischen VeganTime-Kette, die aus insgesamt sieben Häusern bestand. Es war ähnlich der Hotel-Lobby des »Hof Veganathal« mit Bambusmöbeln und Jutekissen und sehr viel Grünpflanzen eingerichtet – und beim Betreten wurden Vanessa Kreuter und Felix Krittin vom Inhaber persönlich begrüßt.

»HeVegan, Vanessa! Dir und deiner Begleitung einen guten veganen Tag!« Und er führte beide zu einem separat im hellen Fenster-Erker gelegenen Tisch mit Blick auf den blühenden Restaurantgarten und die Grünanlagen der Kreuter-Scharff-Allee.

Vanessa nickte und sie setzten sich. »Veganen Dank, Jürn-Oswald – darf ich bekanntmachen? – Herr Felix Krittin vom Berliner MyLife aktuell Magazin und Jürn-Oswald Hasel, mein Cousin und Chef der VeganTime-Gruppe!«

»Bin vegan erfeut«, grinste der glatzköpfige Hasel und überreichte beiden seine vegane Speisenkarte.

»Kannst du uns heute etwas empfehlen – etwas, das auch veganen Neulingen schmeckt?« fragte Vanessa.

»Wie wär's mit Nuss-Tomaten-Nudeln?« schlug Hasel vor. »Oder Bulgurpfanne mit Erdnüssen kann ich ebenfalls empfehlen!«

»Bulgur? Was ist das?« fragte Felix Krittin. »Ist das nicht etwas Türkisches?«

»Ja, in der Türkei und im Vorderen Orient gibt es das – das ist gedämpfter bzw. vorgekochter Hartweizen ähnlich wie Couscous, aber bei uns eben vegan«, erklärte der Vegan-Gastwirt.

»Unsere Bulgurpfanne basiert natürlich auf tierleidfrei erzeugten Biorohstoffen und wird mit Broccoli, Sellerie, Möhren, Zitronengras, Erdnüssen, Rapsöl und Soja zubereitet.«

»Ja, ich nehme das mal«, entschied sich Vanessa und Krittin fragte weiter: »Und diese Nuss-Tomaten-Nudeln? Was ist das genauer? Tierleidfreie Nudeln … mit was noch?«

»Das sind vegane Spiralnudeln mit Zwiebeln, Knoblauchzehen, Möhren, Zucchini, Tomaten, Walnusskernen und Oregano – sehr veganlecker!« erläuterte Hasel nachsichtig lächelnd.

»Okay, das sollte ich mal probieren«, entschied Felix Krittin.

»Und was trinken die Herrschaften?« fragte Hasel. »Veganen Wein oder einen veganen Tee?«

»Veganen Wein?« fragte der Journalist verwundert. »Sind alkoholische Getränke denn vegan?«

»Ja, ganz strenge Veganer lehnen Alkohol als vergorene und damit schädlich beeinträchtigte Naturprodukte ebenfalls ab, aber wir hier in Veganathal erlauben uns veganen Wein oder veganes Bier, wenn sie mit dem V-Label der VEBU als vegan erzeugt ausgewiesen sind.«

»Vegan erzeugt? Was heißt das genauer?«

»Es dürfen bei der Herstellung und Filterung nur tierproduktfreie Klärmittel eingesetzt werden, also z. B. keine aus Tierprodukten erzeugte Gelatine und bei der Flaschenetikettierung keine tierischen Stoffe enthaltende Papiere oder Klebstoffe verwendet werden!«

»So, aha, na ja denn«, meinte Felix. »Dann bringen Sie mir mal so einen veganen Weißwein!«

»Und ich nehme einen Matcha-Mango-Limette-Tee!« entschied Vanessa.

»Sehr gerne, Vanessa«, dankte der Wirt und entfernte sich. Das Lokal mit geschätzt etwa 20 Tischen war an diesem Tag nur sehr spärlich besetzt – mit sechs Gästen an zwei Tischen und von ihnen etwas entfernt, wie Felix auffiel.

»Heute ist hier wohl wenig los?« fragte er Vanessa

»Ja, voller ist es hier eigentlich nur am Wochenende. Dann kommen auch mal Gäste von außerhalb, also außerhalb Veganias, meist Veganer aus dem sog. Ausland oder Neugierige, die unsere Küche mal testen oder kennenlernen wollen,« erklärte sie lächelnd. »Und Sie? Waren Sie schon vegan essen – oder weshalb haben Sie sich gerade jetzt entschlossen, uns näher kennenzulernen und darüber zu berichten?«

»Nun, zum einen interessieren mich als Journalist natürlich alle aktuellen Trends – ja, und unser Verlagschef möchte darüber einen genaueren Beitrag bringen, inwieweit der Vegan-Trend inzwischen fortgeschritten ist oder seinen Höhepunkt vielleicht schon überschritten hat? So geht es ja öfter mit erst einmal starken Trends, dass sie sich abnutzen – und wo kann man diesen Trend besser untersuchen als im Staate Vegania?«

***

Nachdem ihre beiden veganen Tellergerichte serviert waren und Felix Krittin gegenüber Vanessa als Halbvegetarier oder besser: »Flexitarier« bestätigen konnte, dass ihm das

Nuss-Tomaten-Nudel-Gericht und der vegane Weißwein aus der Pfalz tatsächlich schmeckten, kam man auf das eigentliche Interviewthema zurück.

»Bevor wir nachher in das offizielle Interview im Beisein Ihres Vaters, Ihres Bruders und Ihres Polizeichefs einsteigen, hätte ich von Ihnen gerne vorab noch einige vorgeschichtliche Background-Infos, über die wir dann später nicht mehr groß sprechen müssen«, begann Felix Krittin lächeld. »Zum Beispiel die Historie, wie es zur Staatsgründung Veganias durch Ihren Vater kam. Warum und wie kam diese eigentlich zustande?«

»Okay, gut, darüber können wir hier gerne vorab sprechen«, bestätigte ihm Vanessa und lächelte wiederum verstehend. »Was möchten Sie genauer wissen? Wollen Sie das auch in Ihrem Report bringen?« Ihr Lächeln dauerte sogar einen sehr langen Augenblick länger als normal.

»Natürlich nicht alles – und auch nicht so im Detail, das könnte darin zu weit führen«, entgegnete der Journalist. »Aber für jeden Report, der authentisch sein soll, braucht man etwas mehr und genauere Hintergrundinfos, als man nachher wirklich verarbeiten will.«

»Verstehe ich«, nickte Vanessa . »Ich bin ja selber Journalistin und weiß das natürlich«. Und wieder lächelte sie ihn an.

»Was war denn nun der Beweggrund Ihres Vaters und Auslöser für die Idee der Gründung eines eigenen veganen Staates?« begann Krittin und lächelte zurück.

»Wie Sie vielleicht wissen, war mein Vater vor etwa zehn Jahren ein sehr aktives Mitglied im größten deutschen Naturschutzbund NABU in Berlin und außerdem auch bei der internationalen PETA, der People for Ethical Treatment of Animals, in Deutschland.

Aber nachdem er in beiden Organisationen immer mehr Einblick gewonnen hatte und auch die Stiftung Warentest bei der Bewertung aller Umweltschutzvereine den NABU nur im unteren Mittelfeld und die PETA wie auch Vier Pfoten noch schlechter bewertet hatte, begann er sich mit der Führung des NABU anzulegen – wegen deren Art der Mitgliederwerbung und auch mit der PETA wegen deren hinsichtlich bestimmter Tierarten einseitiger Inkonsequenz und mancher Finanzpraktiken«, berichtete die Pressechefin ernst.

»Davon hatte ich gelesen«, bestätigte Felix Krittin nickend. »Und deshalb trat er ja damals aus beiden Organisationen aus«.

»Ja, und durch neue Kontakte zum VEBU – bzw. ProVeg, wie er inzwischen heißt – in Berlin, dem ältesten und von der Transparenz her anerkanntesten Vegetarier- und Veganer-Bund Deutschlands, wurde er dort aktives Mitglied und so vom Vegetarismus- zum Veganismus-Anhänger«, führte Vanessa weiter aus. »Aber damals begann er auch, sich staatspolitisch stark für den reinen Veganismus und dessen weiterer Verbreitung in der Bevölkerung einzusetzen – und zwar nicht nur bei den Grünen, sondern er wollte die Förderung des veganen Lebensstils über alle Parteien hinweg – auch im Rahmen der Klimapolitik – erreichen und durchsetzen«.

»Vielleicht war er damit zu ungestüm«, meinte Felix. »Denn er stieß ja bei den meisten Politikern und Parteien auf taube Ohren, weil sie Veganismus für eine Art Verrücktheit hielten – und dadurch auch auf heftigen Widerstand!«

»Ja, und da lernte er auch den ausgebildeten Security-Man Roger Scharff kennen, einen 100%ig überzeugten, fast militanten Veganer, der sich bereits mit fast allen politischen Lagern angelegt hatte.

Und weil mein Vater damals sehr frustriert und fast wütend über alle Behinderungen war, schlossen sich die beiden enger zusammen und sannen auf neue Wege, wie sie ihre Philosophie dennoch erfolgreich umsetzen konnten.

Da ihnen auch die deutschen Bundes- und Landespolitiker immer wieder Steine in den Weg legten – so meinten sie zumindest, kamen sie auf die Idee, sich von allen politischen Widersachern freizumachen, indem sie einen eigenen veganen Staat anstrebten!«

»Wie war das staats- und völkerrechtlich überhaupt möglich?« fragte Felix Kriittin immer noch leicht verwundert.

»Nun, was viele nicht wissen ist die Tatsache, dass das Recht auf einen eigenen Staat im Völkerrecht sogar verbrieft ist für jede Gruppe, die in den herrschenden Gesellschaften, in denen sie leben, erheblich eingeschränkt ist«, erläuterte ihm Vanessa.

»Man muss da nicht gleich an Israel denken oder an Kleinstaaten wie Andorra, Liechtenstein, Vatikan, Malta, Singapur oder Monaco. Auch der Malteser-Orden oder das Internationale Rote Kreuz sind Völkerrechtssubjekte. Der Malteser-Orden könnte auch, wenn er ernsthaft wollte, eine eigene Währung herausbringen, zum Beispiel. Er gibt aber Reisepässe aus und hat eine Verfassung, eine Staatsanwaltschaft, Botschafter und eine Regierung, aber allerdings kein eigenes Staatsgebiet«.

»Ja, eben«, meinte Krittin. »Ein Staatsgebiet musste aber

her, sonst ist man immer noch kein Staat. Und wie bekamen die beiden das damals zustande?«

»Sie gründeten zunächst ihre eigene vegane Partei, die Vita Vegan-Partei – und nervten die Berliner und Brandenburgische Landesregierung mit ständigen Eingaben und lauten Demos – auch die Grünen, die ihnen insgesamt nicht vegan genug eingestellt waren«.

»Was forderten sie damals demonstrativ und konkret?«

»Sie begannen seinerzeit, eine Regelung zur Schaffung eines eigenen veganen Staatsgebietes zu verlangen. Eines abgeschlossenen Gebietes, in dem die Veganer mit Gleichgesinnten ohne Rücksicht auf die verbreiteten gesellschaftlichen Verhältnisse ihren eigenen strikt naturschonenden Lebensstil verwirklichen und leben konnten.

Sie wollten mit Gesellschaften, in denen Tierkadaver offen als Lebensmittel angeboten werden und deren Produktion auf Tierleid basieren, in denen Tierhäute als Kleidungsstücke oder Möbelpolster Verwendung finden und in denen Ärzte nichtvegane Arzneimittel anwenden, nichts mehr zu tun haben.«.

»Ich weiß«, fiel Felix ein. »Sie veranstalteten vor zehn und neun Jahren ständige aggressive Demos in Berlin, Potsdam und anderswo in Brandenburg und verlangten immer wieder ein eigenes Gebiet, in dem sie für sich ihren Veganismus-Lifestyle ungehindert umsetzen konnten.

Aber zunächst passierte noch nichts, außer dass sie selbst die Grünen dort nervten, weil sie deren Meinung nach weit überzogene Vorstellungen hätten«

»Ja, vor allem die radikalen Veganer, Roganer und Fruganer, die heute hier unsere beiden Veganate Veganistan und Roganeck regieren und selbst uns etwas liberalere Veganathaler als in ihren Augen viel zu inkonsequente Vertreter, ja fast Verräter der reinen Lehre kritisieren und rügen«, meinte Vanessa in leicht entschuldigendem Ton und lächelte dabei wieder.

»Aber dann kam plötzlich Geld in die Gruppe – und damit Bewegung, die alles änderte«, fiel Krittin ein.

»Ganz recht. Mein Großvater Jan-Peter Kreuter, der eine vegetarische Bio-Landwirtschaft bei Hammer hier im Landkreis Oberhavel betrieb und jahrzehntelang Lotto gespielt hatte, gewann vor neun Jahren plötzlich den Jackpot von 27 Millionen Euro. Mein Vater, also sein Sohn, borgte sich von ihm damals zunächst fünf Millionen davon, um Land dazuzukaufen und den Bio-Betrieb auf vegan umzustellen«, schilderte Vanessa weiter.

»Aha, ja, aber das war noch nicht entscheidend für die Staatsgründung?«

»Nein«, stimmte Vanessa zu. »Aber bereits kurz danach passierte ein Unglück, das für den Staat Vegania zum Glücksfall wurde. – Denn plötzlich verunglückte der unglückliche Glückspilz, als mein Großvater bei der Feldarbeit von seinem eigenen Traktor überrollt wurde, weil er in der Aufregung über einen Pflanzenfrevler von diesem heruntergefallen war.

Und so erbte mein Vater als dessen einziger Sohn die ganzen 27 Millionen Euro.

Nun hatte er genug finanzielle Mittel, den Großteil des heutigen Vegania-Staatsgebietes von der BVVG Bodenverwertungs und -verwaltungs GmbH zu erwerben, zumal noch ein paar weitere potente Veganer-Investoren hier mit einstiegen.

Damit war die Grundlage geschaffen, sich auf das völkerrechtlich verbriefte Recht zu berufen, aus dem Veganer-Landbesitz ein unabhängiges Staatsgebiet mit eigener gesellschaftlicher Verfassung zu formen – natürlich gegen den Protest des Landkreises, der brandenburgischen Landesregierung und der Bundesregierung.

Aber mit einem Volksreferendum der Bewohner Veganias erklärte man sich unabhängig und verpflichtete sich in dem Austrittsvertrag ausdrücklich, auf aggressiv gegen Brandenburg und den Bund gerichtete politische Handlungen sowie auf eine eigene Währung zu verzichten. Und so erreichten sie tatsächlich die Unabhängigkeit Veganias – aber als ein EU-assoziiertes Land, das auf ein eigenes Militär verzichtete.

Dafür erhielt es sicherheitspolitisch Schutzbeistand durch die Bundesrepublik Deutschland.«

✳✳✳

Als dann beide auch noch ein veganes Dessert in Form von Chai-Eiscreme mit Cashew-Nüssen und Kokosnussmilch genossen hatten, kam Felix Krittin auf weitere Fragen zur Staatsentwicklung Veganias zurück.

»In den ersten drei, vier Jahren wurden ja dann, wie ich gelesen hatte, die drei neuen Städte Veganathal, Veganis und Roganeck mit den Geldern der Investoren über die neue staatseigene Bank Veganerkasse finanziert und gegründet?« begann er den Gesprächsfortgang.

»Ja, diese wurden neben den drei schon bestehenden Dörfern Hammer, Liebenthal und Böhmerheide aufgebaut«, nickte Vanessa.

»Warum tat man das separat außerhalb der drei bestehenden Gemeinden?«

»Nun, in allen drei Dörfern gab es zunächst aktive und passive Widerstände durch die Alteinwohner«, berichtete Vanessa und grinste etwas. »Sie werden sich das vorstellen können. Da gab es ja nicht nur Pächter und Mieter, die nun plötzlich ihre Pacht oder Miete an die neue Veganei-Immobilien-Staatsverwaltung zu zahlen hatten. Diese konnten jedoch relativ schnell ruhig gestellt werden, da ihre Pacht und Mieten nicht weiter erhöht und z.T. sogar gesenkt wurden. Aber da waren ja noch die bisherigen Immobilien- und Landeigentümer und privaten Vermieter. Und mit denen gab es anfangs häufig Probleme, weil sie zwar Besitzer blieben, aber allerhand Eigentümer-Auflagen im veganpolitischen Gesetzesrahmen zu beachten hatten, durch die sie sich gegängelt und eingeschränkt fühlten.«

»Wie hat man diese dann in den Griff bekommen?« fragte Felix Krittin.

»Indem man ihnen zunächst für drei Jahre die Grundsteuer erlassen und ihre veganen Investitionen finanziell gefördert hat«, lächelte Vanessa. »Es geht eben doch wieder alles nur mit Geld – und schon ist so manches Hindernis zu überwinden. Damit konnten wir sie besänftigen und weitgehend integrieren. Sie bekamen natürlich die gleichen Rechte und Pflichten, die auch unseren vielen veganen Neuansiedlern aus dem deutschsprachigen Gebiet – also sogar aus Österreich, der deutschen Schweiz und Luxemburg – zuteil wurden«.

»Allerdings kamen ja dann bald die separatistischen Bewegungen der radikalen Veganer auf, also auch der Roganer und Fruganer, stimmt's?« grinste Felix.

»Richtig«, nickte Vanessa. »Unter den vielen Einwanderern waren eben auch solche, denen unsere vegane Verfassung und ihre Statuten nicht ›konsequent‹ genug waren und damit angeblich die ›reine Lehre‹ verrieten – und diese wurden im Laufe des internen Widerstreits immer extremer und z.T. auch militanter. Und so kam es kurz hintereinander zur internen Wanderungsbewegung und Fast-Abspaltung der strikten, militanteren Veganer mit der Gründung des Veganats Veganistan und der noch extremeren Rohkost-Veganer ›Roganer‹ und der reinen Frucht-Vegetarier und -Veganer ›Fruganer‹ mit dem Veganat ›Roganeck‹«.

»Diese gründeten danach doch auch noch eigene Parteien?«

»Ja, die Veganistaner spalteten sich mit ihrer neuen Partei ›PicaVega‹ von unserer Vita Vegan-Partei ab – und die Roganer und Fruganer mit ihrer ›RogaPur‹-Partei und deren RogaFruga-Unterorganisation. Beide sind dogmatisch ziemlich extrem und die letztere sogar eher militant. Beide sind heute unsere Opposition«, erklärte Vanessa schulterzuckend.

»Ja, Sie regieren mit Ihrer Vita Vegan-Partei das Land nur mit einer hauchdünnen Mehrheit, nicht wahr?« fragte der Journalist.

»So ist es, leider«, gab Vanessa zu. »Und nun gibt es inzwischen auch noch die geheime sozialistische Vegane-Armee-Fraktion VEGAFRA, die für ihre revolutionäre Untergrundarbeit gegen unsere Staatsführung berüchtigt wurde und zum Teil sogar auch aus dem bundesdeutschen Ausland agiert!«

»Von wo aus?« wollte Felix wissen.

»Ihren ständig wechselnden geheimen Agitationssitz haben

sie irgendwo in Berlins City – und hier in Roganeck eine Art Filiale.«

»Wieviele sind das jetzt inzwischen und wer ist der Kopf?«

»Soviel unsere Vegapol herausgefunden hat, sind das etwa rund 200 Mitglieder insgesamt und davon sind die knappe Hälfte in Vegania im Untergrund bzw. auch in militanten Demos aktiv. Ja – und der Kopf von denen soll z.Zt. ein gewisser Wulf Rohleder sein, der sich – weil er als strikter Veganer ja etwas gegen das Tierprodukt Leder hat – seit kurzem Werwolf Rohkemper nennt und aber hauptsächlich von Berlin aus ›kämpft‹«, erläuterte Vanessa weiter.

»Ein echt roher Kempe also«, grinste Felix spöttisch.

»Ja, bei den letzten beiden Demos in Berlin-Mitte und hier in Veganathal kamen sie mit Schlagwaffen und prügelten auf gemäßigte Veganer und Vegetarier ein – es gab auch Verletzte auf beiden Seiten, wie Sie wohl aus der Presse wissen«, nickte Vanessa.

»Ihre Vegapol ist ja bekanntlich auch nicht ganz ohne«, meinte Felix. »Die sind ziemlich rigoros mitunter!«

»Stimmt, manchmal schießen die Vegapos leider ebenfalls übers Ziel hinaus«, gab die Pressechefin zu . »Und vor allem die liberaleren Veganer, zu denen ich mich auch zähle, haben öfter mal so eben ihre Probleme mit der Vegapol«, seufzte Vanessa und winkte Jürn-Oswald Hasel, dass er die Rechnung fertigmachen sollte. Dann bezahlte sie per VEGA-Kreditkarte, einer Plastik-Card aus betont tierproduktfreiem Kunststoff.

»Unsere VEGA-Kreditkarte gilt bisher auch nur innerhalb Veganias. In drei von unseren sechs Veganer-Sparkassen stehen aber auch schon Bitcoin-Geldautomaten, an denen man z.B. Überweisungen in Bitcoin und anderen Kryptowährungen digital versenden und empfangen kann und wo man diese auch in Euro umgerechnet ein- und sich auszahlen kann«

»Was ist denn da draußen los?« stutzte Felix Krittin plötzlich und zeigte durch das bodentiefe Glasfenster auf die Grünanlage der Kreuter-Scharff-Allee. Dort sammelten sich unter lauten Buh-Rufen immer mehr Leute an und ein paar von ihnen trugen Transparente »Berliner Lügen-Presse raus aus Vegania!« und »Vertreter der deutschen Tierfresser-Presse raus hier!«.

»Das ist doch unerhört!« regte sich Vanessa auf. »Da hat doch einer, der von unserem Treffen hier im Restaurant wusste, die Radikalos aufgestachelt!«

Weitere Demonstranten kamen bedrohlich näher zu dem Fenster, hinter dem die beiden gesessen hatten – und klopften wütend an die Scheibe: »Vanessa, schmeiß die Berliner Scheiß-Presse raus – jage den Kerl zum Teufel!« forderte einer laut.

»Also von mir weiß keiner, dass ihr hier bei uns seid!« rief der Wirt Hasel entschuldigend und zuckte die Schultern.

Doch inzwischen ertönte das Signal einer Polizeisirene und zwei Hyundai Ionic Elektro-Einsatzwagen der Vegapol näherten sich der Szene. Vor der Eingangstreppe zum Vegan-Time One hielten sie und aus jedem Wagen sprangen vier Uniformierte mit Schlagstöcken heraus und begannen die Demonstranten etwas zurückzudrängen.

Dann kam ein drittes Hyundai Ionic Elektro Polizeifahrzeug herangesurrt, stoppte und zwei weitere Grün-Weiß-Uniformierte mit besonderen Abzeichen auf der Brust entstiegen ihm.

»Ah, jetzt erscheint auch noch Roger Scharff, unser Polizeichef persönlich mit seinem Stellvertreter Tim Porz«, erkannte Vanessa. »Jetzt ist mir einiges klar – der hat das wohl alles zu verantworten!«

»Wieso?« wunderte sich Felix Krittin. »Ich denke, der will jetzt hier für Ruhe sorgen?«

»Ja, eher für die angebliche Beruhigung der Lage, für die er vorher selbst gesorgt hat«, vermutete Vanessa mit düsterem Blick. »Der Roger hat schon eine Weile ein Auge auf mich und will jetzt eifersüchtig einen Keil zwischen mir und Ihnen als angeblich zweifelhaftem Pressevertreter treiben.«

»Sie meinen, er selbst hat die spontane Demo erst einmal angezettelt, um sie dann großspurig wieder abzuwürgen?« meinte Felix zu verstehen.

»Ja, so ähnlich«, meinte Vanessa. »Das ist ihm durchaus zuzutrauen. Und das wird sicher noch nicht alles sein, was er sich so einfallen lässt. Sie werden hier sehr auf der Hut sein müssen!«

»Also, da hätte ich keine Angst«, grinste Felix. »Ich bin aus Berlin schon so einiges an Widerständen gewöhnt. Mein Verlag und seine einflussreiche Redaktion stehen da voll hinter mir!«

»Sicher. Aber Sie sind hier dennoch nicht auf bundesdeutschem Staatsgebiet«, gab Vanessa zu bedenken. »Roger Scharff und seine Methoden sind nicht ohne – die machen seinem Namen alle Ehre – und zwar scharf mit Doppel-Eff! Tappen Sie also in keine Falle, die er Ihnen bestimmt stellen wird! – Na, gehen wir ihnen mal entgegen!« meinte sie, straffte sich und schritt vor Felix Krittin nach draußen.

»Hallo, Roger!«, begrüßte sie den Polizeichef ziemlich unvegan und nicht ohne Spott in der Stimme. »Welche Ehre, dass du hier so ganz persönlich erscheinst! Was ist hier los?

Kann man als Pressechefin unseres Staates nicht einmal mit einem Staatsgast ungestört essen gehen?«

»HeVegan, Vanessa!« grüßte Roger Scharff zurück. »Du bist zwar hier die Pressechefin, aber unterstehst immer noch der Staatsführung unter deinem Vater und der Ordnungsmacht der staatlichen Polizeiorgane! Und beide hast du leider einfach übergangen und dich über deren mögliche Gegenentscheidung zum Besuch irgendwelcher Vertreter der ausländischen Presse hinweggesetzt!

Du hast geahnt, dass dein Vater und ich der Begegnung wahrscheinlich nicht zustimmen würden und bei uns daher erst gar nicht um Erlaubnis angefragt – so geht das doch nicht! Da müsst ihr euch gar nicht wundern, dass aber etwas durchgesickert ist und sofortige Demonstrationen dagegen weckt! Du weißt doch, ich habe natürlich nichts gegen dich persönlich – ganz im Gegenteil, aber dein Vater hat es dir eben nicht verziehen, dass du so unvorsichtig mit der Auslandspresse umgehst!«

»Meine Chefredaktion wird sich freuen. Wir werden diese unfreundlichen und behindernden Eingriffe in eine für uns offiziell abgestimmte Abmachung entsprechend würdigen!« warf Felix Krittin dazwischen.

»Sie haben hier eigentlich gar nichts zu melden, Herr Journalist oder wie Sie sich nennen!« entgegnete Roger Scharff scharf und zog die buschigen Augenbrauen so hoch es ging. »Wenn Sie hier geduldet werden, dann nur wenn wir es als Schützer unser Staatsinteressen für angemessen halten – und das heißt, wenn wir als Staatsorgan es offiziell genehmigen – und zwar auf schriftlichen Antrag! Sie sehen ja, was für eine spontane Aufruhr Ihr unvermutetes und mehr oder weniger unerlaubtes Auftreten in unserem souveränen Staat ausgelöst hat!«

»Mein Verleger hat Ihre autorisierte Pressechefin Vanessa Kreuter vorher persönlich angeschrieben und sie hat das Interview vor Ort genehmigt!« erklärte Krittin kalt lächelnd. »Oder hat die Leitung Ihres staatlichen Presse- und Informationsamtes keine selbständige, offizielle Entscheidungsmacht? In anderen, zumindest demokratischen Staatswesen ist das eine Selbstverständlichkeit!

»Wollen Sie damit behaupten, Vegania sei kein demokratischer Staat?« rief Scharff aus. »Dann kann ich Sie hier nur ernsthaft verwarnen!«

»Wieso? Ich habe nur behauptet und bisher festgestellt, dass das in demokratischen Staatswesen normalerweise eine Selbstverständlichkeit ist!« erwiderte Krittin.

»Kommen Sie, Herr Krittin«, schaltete sich Vanessa Kreuter dazwischen. »Lassen wir uns davon nicht irritieren. Ich kenne meine medienpolitischen Machtbefugnisse«.

Und zu Roger Scharff gewandt erklärte sie: »Wenn ihr mir meine Amtsbefugnis Stück für Stück beschneiden wollt, werde ich der staatsfremden Presse gegenüber noch offener als euch lieb sein kann – soviel dazu. Und nun bitte ich dich, Roger, deine ›Schutzmacht‹ unverzüglich abzuziehen und mich nicht weiter in meiner Presse- und Informationsfunktion zu stören und zu behindern! Sorge bitte auch gleich mit dafür, dass die aufgescheuchten Demo-Leute wieder friedlich nach Hause gehen!«

»Vanessa, du weißt, ich bin für dich immer offen, aber dafür muss mir dein Vater schon selbst das OK geben«, erwiderte Scharff schon weniger scharf in leicht entschuldigendem Ton.

»Moment, ich rufe ihn an und melde mich gleich wieder«.

»Okay, aber bitte schnell!« stimmte Vanessa zu. »Sag meinem Vater, dass wir erstens gleich zum offiziellen Interview herumkommen und er bitte nicht vergessen soll, wozu ich offiziell berechtigt bin!«

Roger Scharff trat ein paar Schritte zurück und wies seinen Stellvertreter – Polizeioffizier Tim Porz – an, mit der Auflösung der Demonstration zu beginnen. Dann ging er an die Seite, rief Staatschef Rainer Kreuter an und redete mit diesem einige Minuten in verhaltenem Ton. Danach steckte er sein Smartphone ein und kam wieder näher.

»Okay«, sagte er in neutralem Tonfall. »Dein Vater will dir verzeihen, obwohl er sich von dir übergangen fühlt. Er bittet dich nun, mit deinem journalistischen Besucher zurückzukommen und in euer offizielles Interview einzusteigen. Wie wir aber mitbekommen haben, hast du dem Herrn Krittin vorab beim Essen bereits viel zu viel Hintergrund-Informationen über unser Staatswesen gegeben. Dazu warst du von deinem Vater als Staatspräsident ebenfalls noch gar nicht autorisiert!«

»Aha, hat man uns also auch dabei schon überwacht«, stellte Vanessa verärgert fest. »Wir haben uns schon allmählich zum echten Überwachungsstaat entwickelt. Da sind wir schon bald wieder dahin zurückgekommen, wo wir hier vor 30 Jahren schon mal waren«

»Unser kleiner, aber feiner Staat und seine Ideologie werden eben immer ringsum von Spionen und Feinden des Veganismus bedroht. Dagegen müssen wir ihn schützen und verteidigen!« meinte Scharff aufbegehrend.

»Soso, aha. – Aber ihr könnt euch beruhigen – Geheimnisse, auf deren Wahrung ihr so großen Wert legt, habe ich nicht verraten. Das was ich Herrn Krittin ›verraten‹ habe, war alles schon mal irgendwo und irgendwann in der Presse bekannt gemacht worden, nur nicht so zusammenhängend in kompakter Form. Auch das dürftet ihr wissen!« meinte sie, während die Demonstranten mit ihren Transparenten allmählich wieder murrend abzogen.

»Darüber reden wir später noch«, meinte Roger Scharff mit drohendem Unterton. »Auch darüber, dass der saubere Herr Krittin bei der Einreise einen halbversteckten, nicht tierleidfreien Woll-Pullover im Kofferraum mit eingeführt und diesen an der Grenze nicht mit angegeben hat! Nicht nur, dass er als ein dem Veganismus gegenüber sogar kritisch eingestellter Halb-Vegetarier bis Flexitarier gilt – er versucht hier auch noch unsere veganen Gesetze zu umgehen oder zu unterlaufen! Wir werden Sie deshalb hier sehr kritisch begleiten, werter Herr Krittin! –
So, und nun macht, dass ihr schnellstens zurück in die Staatsveganei kommt!«

»Wie kommen Sie dazu, meinen Autoschlüssel von der Rezeption zu holen und meinen vor dem Hotel geparkten Wagen nochmals unangekündigt zu filzen?« entfuhr es Felix Krittin leicht aufgebracht. »Ihre Vegapol hatte den Kofferraum ja schon mal an der Grenze sozusagen ›inspiziert‹. Da lag der Kaschmir-Pullover auch schon drin!«
»Da sehen Sie mal, wie wichtig es ist, alles nochmals genauer zu untersuchen«, entgegnete Scharff zurechtweisend. »Sie hatten den Pullover gut unter einer Plastikdecke versteckt!«
»Versteckt?? Von wegen! Die liegt dort immer schmutzgeschützt als Reserve, falls mir unterwegs einmal kalt wer-

den sollte«, wies Krittin den Polizeichef ebenfalls zurecht. »Oder glaubt ihr ernsthaft, ich wollte das gute Stück in Vegania heimlich verscherbeln oder verschenken – und an wen wohl überhaupt?«

»Es geht nicht darum, ob Sie ihn an irgendwen in Vegania übergeben wollten oder nicht – es geht darum, dass Sie mit der Geheimhaltung mitgeführten unveganen Gutes unsere eindeutigen Vegan-Gesetze missachten! Und das ist ja wohl unerhört genug!« schimpfte Scharff.

»Aha!« verstand Krittin nicht ohne Hohn. »Und haben Sie auch schon labormäßig überprüft, ob die Kunststoffdecke, unter das verdächtige unvegane Kleidungsstück verborgen wurde, nicht etwa gar tierprodukthaltige Derivate enthält?«

»Wir hatten das Plastikzeug mal als nicht unvegan eingestuft«, meinte Scharff. »Aber Ihre komische Frage lässt ja fast vermuten, dass Sie damit auch noch gegen vegane Gesetze verstoßen. Vielleicht sollten wir die Plastikdecke tatsächlich noch genauer analysieren lassen – und einiges aus Ihrem Handschuhfach eventuell auch!«

»Und das Öl und den Kraftstoff im Motor nicht zu vergessen?«, schaltete Vanessa sich wieder in den Disput mit ein.

»Roger, es reicht jetzt langsam! Das Auto steht als Fremdfahrzeug fest auf dem Hotelplatz geparkt und wird nur wieder für die Rückfahrt ins sog. Ausland benutzt. Damit sind alle Gesetze erfüllt. Mäßige gefälligst deinen eifersüchtigen Zorn auf meinen Gast, sonst muss ich dich bitten, nachher beim Interview nicht mehr anwesend zu sein. Dann weigere ich mich, deine Anwesenheit zu akzeptieren!«

»Bitte, bitte, Vanessa, gegen Dich war das ja alles gar nicht gemeint, das weißt du doch! Also gut, ich werde mich bemühen, mich nachher zusammenzunehmen«, versprach er plötzlich in besänftigendem Ton. »Dann bis gleich!«

»Okay«, nickte Vanessa gnädig. »Ich werde dich gegebenenfalls daran erinnern«.

***

Vanessa Kreuter und Felix Krittin machten sich gemeinsam auf den rund 250 m kurzen Fußmarsch vom VeganTime One zur Staatsveganei – prompt folgte ihnen in 20 Meter Abstand eine hartnäckige Meute von aggressiv johlenden Demonstranten, die sich von der sich auflösenden Gruppe abgespalten hatte. Angeführt wurde sie von einer jungen Frau mit fast kahlgeschorenem Blondkopf, die in einem schwarz-grünen Kampfoverall gezwängt war.

»Ach, jetzt pöbelt auch noch Milli Tantes, die RogaPur-Parteivorsitzende und Rats-Chefin des Veganats Roganeck, hinter uns her!« entfuhr es Vanessa ärgerlich.

»Vanessa!« rief Milli Tantes laut von hinten. »Wir fordern dich dringend auf, deinen vegankritischen Presseheini da davonzujagen – oder dafür zu sorgen, dass dieser auch fair und aufgeschlossen über unser Veganat Roganeck berichtet! Andernfalls gibt es mächtig Stunk!« schrie sie aufgebracht.

Vanessa fuhr daraufhin kurz herum und fauchte Milli Tantes an: »Wie ich meine Pressearbeit für den Gesamtstaat Vegania zu machen habe, müsst ihr mir schon überlassen. Und Ärger macht ihr ja sowieso immer – egal, was wir schreiben oder verlautbaren!«

»Wir werden Ihr Roganeck schon mit erwähnen!« rief Felix

Krittin noch. »Unpolemisch, sachlich, aber klar, deutlich und wahrheitsgemäß!«

»So, und das reicht!« schloss Vanessa den Disput ab, wandte sich wieder um und schritt mit Felix Krittin weiter zur Eingangstreppe der Staatsveganei.

Zugleich aber fuhr dort ein weiß-grün-rotes Smart Vision EQ Elektroauto vor, dem ein rothaariger, sommersprossiger Mann in aggressiv-breitbeiniger Haltung und ein Kahlköpfiger in schwarz-grünem Dress entstiegen: Veganistans Veganatschef Rudi Kahl und sein vierschrötiger Bodyguard.

Rudi Kahl trat Vanessa und Felix provokativ in den Weg und stoppte beide.

»HeVegan, Vanessa!« rief er ihr entgegen. »Man hatte mich zu dem von dir heimlich vorbereiteten Presseinterview nicht eingeladen – deshalb musste ich das hiermit selber tun! Wenn dein Vater und Roger wirklich anstreben, nach der Wahl eine Koalition mit unserer PicaVega einzugehen, verlangen wir selbstverständlich von Anfang an, in alle eure politischen Presseaktivitäten eingeweiht zu werden. Wir werden also an eurem offiziellen Interview ebenfalls teilnehmen«, sagte er entschieden.

»Jetzt erlaubt aber mal!« begehrte Vanessa auf. »Ihr macht hier alle mit mir und meiner Pressearbeit, was ihr wollt – und damit meine Planung kaputt!« schimpfte sie. »So geht das nicht, Rudi! An eine solche erweiterte Interviewrunde war erst viel später bei einem zweiten Termin gedacht. Ihr könnt hier mit mir und uns – damit meine ich auch hier meinen Interviewpartner von der MyLife aktuell – nicht einfach machen was ihr wollt!«

»Reg' dich ab, Vanessa«, winkte Rudi Kahl ab. »Ich habe das vorhin bereits telefonisch mit deinem Vater abgestimmt. Er hat doch wohl schließlich die oberste Entscheidungsgewalt. Und jetzt halte uns nicht weiter auf – gehen wir rein und gestalten das Gespräch mit der Presse so wie mit deinem Vater aktuell besprochen!«

»Ach, hört euch das an!« rief da Milli Tantes von hinten, die sich immer noch ein Stück hinter ihnen aufhielt und alles mitbekommen hatte. Sie kam wieder näher. »Das ist ja interessant – um nicht zu sagen eklatant! Uns einfach auf ungehörige Weise abwimmeln, aber Veganistans Rudi Kahl zum Termin zulassen!?«

»Das ist ja ganz was anderes!« schnauzte Rudi Kahl zurück. »Ihr werdet mit der Vita Vegan ja wohl auch keine Koalition eingehen und auch nicht wollen. Ihr seid ja strikte, militante Opposition. Da gibt es auch keine gemeinsamen Standpunkte zu besprechen!«

»Da hat Rudi ausnahmsweise mal recht«, stimmte Vanessa ihm zu. »Das Interview ist schließlich nicht als aggressives Streitgespräch mit Roganeckern vorgesehen. Okay, Rudi, gehen wir rein und klären das und den Ablauf nochmals mit meinem Vater. Bei Veganistan ist wenigstens noch eine gewisse Absicht auf einen Verständigungskompromiss zu spüren.. Roganeck pflegt dagegen die reine Totalopposition.«

»Ich kriege jetzt aber langsam mal den Eindruck, ich soll in Ihre Machtkämpfe reingezogen werden«, begehrte nun auch Felix Krittin auf. »Entschuldigung, aber ein Interview ist ein reines Infogespräch, das von mir neutral und objektiv geführt wird.

Das ist nun wirklich keine Wahlkampfveranstaltung!«
wandte er sich an Vanessa.

»Sie haben recht, Herr Krittin«, nickte sie ihm freundlich
lächelnd zu. »Wir lassen uns von den anderen Gesprächs-
teilnehmern auch nur informieren – und zwar auf Fragen,
die **wir** stellen – und nichts anderes, sonst brechen wir die
Sache ab!«

»Okay, einverstanden«, meinte Felix. »Das hört sich gut an.
Machen wir es so – und wem es nicht passt, der kann als
Gesprächsteilnehmer ausscheiden«.

»Richtig«, bestätigte Vanessa. »So, und haben wir uns jetzt
verstanden?« fragte sie Rudi Kahl. Dieser nickte murrend
»Okay« und Milli Tantes entfernte sich immer noch aufgebracht. »Da ist noch nicht aller Tage Abend«, drohte sie.
»Wir werden die linke Presse aus Berlin einladen und ein
eigenes Gegen-Interview liefern, das sich gewaschen hat!
Da könnt ihr Gift drauf nehmen!«

»Ach, das würde ich lieber **dir** empfehlen«, meinte Rudi
Kahl zu Milli Tantes. »Nee, das gönne ich lieber euch, ihr
inkompetenten Veganismus-Verräter!« schimpfte diese zurück.

***

Beim Wiederbetreten der Staatsveganei in Begleitung von
Vanessa Kreuter wollten die Sicherheitsbeamten Felix
Krittin wieder einer erneuten Sicherheitskontrolle unter-
ziehen, während sie Rudi Kahl und seinen Bodyguard einfach durchwinkten. Felix reagierte halb erzürnt und halb
belustigt:

47

»Waaas? Schon wieder?« entfuhr es ihm. »Glaubt ihr etwa, uch habe mich im Beisein von Frau Kreuter heimlich hinterrücks bewaffnet? Meine einzige Waffe, die ich mitgebracht habe, ist mein gefährliches Mundwerk!«

»Gisbert Zwierich, du spinnst wohl jetzt ganz!« raunzte auch Vanessa den Chef-Sicherheitsbeamten an. »Willst du mir etwa vorwerfen, ich hätte Herrn Krittin während unseres Essens im VeganTime One nicht scharf genug überwacht? Oder was?«

»Wir haben Anweisung von Roger Scharff, den Zeitungsschreiber beim erneuten Betreten genauso penibel zu überprüfen wie vorhin beim ersten Mal!« verteidigte sich der Sicherheitsmann Zwierich.

»Das sieht dem scharfen Roger ähnlich, klar«, stellte Vanessa fest und fasste Felix Krittin sogar an die Hand. »Kommen Sie mit mir, Herr Krittin, wir lassen uns hier doch nicht gemeinsam schikanieren und verunsichern!« Und so marschierten beide ungehindert an den Sicherheitsleuten vorbei.

»Oder ihr müsst mich jetzt genauso filzen! Ich bin schließlich die Vertreterin des Pressewesens dieses so demokratisch sein wollenden Staates Vegania!«

»Schon gut, schon gut«, murmelte der »besiegte« Sicherheitsmann namens Zwierich und winkte den beiden müde und ergeben hinterher.

***

Drinnen in der Staatsveganei gingen beide gleich direkt in den großen Studioraum mit drei Stuhlreihen und einem erhöhten Podium, der auch für gelegentliche Versammlungen und Pressekonferenzen herhalten musste.

Auf dem Podium standen einige Stühle im offenen Halbkreis und ein Kamera-Team baute gerade seine Geräte auf.

»Ich habe unser Internet-TV-Team bereits dazugeholt«, erklärte Vanessa, nachdem sie Felix' Hand nach einem längeren Moment wieder losgelassen hatte.

»Das hatte ich ja schon mit Ihrem Verlags-Chef vorbesprochen. Das Interview werden wir aufzeichnen und später als Video auf unserer staatlichen Webseite einstellen – und Sie bekommen natürlich ebenfalls die ungeschnittene Version von mir auf USB-Stick«.

»Okay, Vanessa«, nickte Felix lächelnd. »Dann können wir ja in 10 Minuten loslegen!«

In den nächsten Minuten füllte sich das Studio allmählich mit den weiteren Teilnehmern des Interview-Gesprächs. Zuerst betrat Vanessas Bruder und Veganias außenpolitischer Sprecher Philipp Kreuter das Podium – ein hochgewachsener Mittdreißiger mit kurzgeschorenem dunklen Kraushaar, hellem Sakko über grünem, kragenlosem Shirt und Rundgläserbrille.

Vanessa machte beide Männer miteinander bekannt und beide begrüßten sich etwas zurückhaltend, aber freundlich, wobei Felix noch eher auf den außenpolitischen Sprecher zuging. »Freut mich, dass wir durch Sie auch zu ihrem außenpolitischen Konzept etwas mehr erfahren werden«.

»Ja, ja gut«, nickte Philipp Kreuter.«Der repräsentative Außenminister ist ja eigentlich mein Vater in Amtseinheit mit der Staatspräsidentschaft.«

Als nächster kam dann der Polizeichef Roger Scharff ins Studio und erklärte sich zum wichtigen innen- und außenpolitisch bedeutsamen Interviewpartner.

»Ich hoffe für Sie, dass Sie hier die richtigen Fragen stellen und auch unsere richtigen Antworten ungeschmälert veröffentlichen!« forderte er in leicht aggressivem Ton und setzte sich auf den Podium-Stuhl, der im Zentrum des Halbkreises platziert war.

»Entschuldigung, Roger, aber du sitzt auf meinem Stuhl!« protestierte Vanessa sogleich und wies auf einen Stuhl im rechten Teil des Halbkreises. »Setz' dich bitte dorthin. Die Interview-Moderation ist meine Aufgabe und deshalb sitze ich in der Mitte!«

»Also wirklich«, seufzte Roger Scharff laut und erhob sich widerstrebend. »Und wo soll hier der Interviewer Krittin sitzen?«

»Direkt neben mir, ist doch klar, oder?« erwiderte Vanessa kalt lächelnd. Und dann kam auch noch Rudi Kahl herein und brachte seinen eigenen Pressesprecher Wingolf Rüdig mit.

»Wir nehmen beide hier teil – und zwar von Anfang an – oder wir gehen wieder und weitere Koalitionsgespräche können wir dann vergessen«, erklärte er fordernd. »Habe ich gerade noch mal deinem Vater klar gemacht – und er stimmt zu!«

»Also dann wird das Ganze wohl mehr zu einer TV-Talkrunde als ein klares Interview!« stellte Felix Krittin fest.

Vanessa nickte und gab ihm recht. »Dann eben eine Talkrunde.

Ein Exklusiv-Interview machen wir dann erst, wenn ich

mit Herrn Krittin eine mehrtägige Rundreise durch Vegania mit Besuchen und Besichtigungen unserer wichtigsten veganen Einrichtungen gemacht habe – wie z.B. die Veganikum-Klinik, eine VeganCurator-Arzt-Praxis, eine Veganithek-Apotheke & Bücherei, das VegaLab Staatslabor, den Veganimal-Tierpark, eine Veganol-& E-Tankstelle, eine Kidvega-Kita oder die VeganEducation-Schule, einen Modavega-Textilladen und einen VegaNow-Supermarkt ... Vielleicht auch noch unseren Veganier Fitnessclub, Sport- und Fußballverein.«

Nun tauchte auch noch Segunda Ganery, Vegania's Erste Staatssekretärin, auf und führte Staatspräsident Rainer Kreuter in den Studioraum und auf das Podium.

»Dann sind wir wohl alle vollzählig«, begrüßte ihn seine Tochter Vanessa. »Darf ich dir hiermit Herrn Felix Krittin als stellvertretenden Chefredakteur des MyLife aktuell Magazins vorstellen! Er wird das Exklusiv-Interview in erster Linie mit mir selbst führen«, erklärte sie entschieden.

»HeVegan, Herr Krittin!« Der den Journalisten um eine Kopfgröße überragende veganische Staatschef reichte Krittin mit gönnerhafter Geste die Hand. »Durch meine Tochter habe ich, wenn auch reichlich spät, ja einiges über Sie und Ihr Magazin schon erfahren. Ich hoffe, Sie führen das Interview im von uns vorgesehenen Sinne und berichten dann auch in diesem Sinne«, ergänzte er seine Begrüßung in ermahnendem Ton.

Dann setzte er sich mit seiner Staatssekretärin, die auch als die Lebenspartnerin des Staatschefs galt und Krittin nur fast stumm nickend die Hand reichte, auf zwei Polsterstühle, die dem offenen Halbkreis gegenüber platziert waren.

Nachdem auch alle anderen auf den im Halbkreis aufgestellten Stühlen Platz genommen hatten und bevor der TV-Aufnahmeleiter das OK für den Aufnahmestart bekam, meldete sich Vanessa Kreuter zunächst mit den zu beachtenden Verhaltensregeln für den Ablauf zu Wort:

»Was ja wohl jedem der hier Anwesenden von vornherein klar sein sollte, ist die Tatsache, dass es meine Aufgabe ist, die TV-Interview- und Talkrunde als Moderatorin zu führen«, begann sie in deutlich klarstellendem Tonfall.

»Das Interview selbst führt Herr Krittin, indem er zunächst nur mir seine Fragen stellt, die ich dann auch selbst beantworte – und gegebenenfalls zur weiteren Beantwortung an die jeweils von mir dazu angesprochenen Anwesenden weitergebe. Ein Unterbrechen und Hineinreden der anwesenden Interviewgäste sollte also unterbleiben, denn das gehört zum professionellen Interviewcharakter. Wir wollen kein Durcheinanderreden.

Eine Diskussion in Form einer offenen Talkrunde eröffne ich dann erst im Anschluss daran, wenn das eigentliche Interview zu Ende ist. Hat das jeder verstanden? Dann bitte ich hiermit um eure bzw. Ihre Akzeptanz für diese Regeln. Okay?«

Sie blickte prüfend in die Runde und erhielt sukzessive ein knurriges »Ja, ja«, »Von mir aus« oder brummiges »okay« als Reaktionen.

»Gut, dann können wir ja loslegen«, nickte Vanessa dem TV-Aufnahmeleiter zu und wandte sich dann an Felix Krittin: »Herr Krittin, vielleicht verraten Sie uns vorweg erst einmal den Zweck und das Ziel, das Sie mit Ihrem Interview erreichen wollen?«

»Ja, gern. Unser MyLife aktuell Magazin möchte in erster Linie mit den immer wieder in der öffentlichen Diskussion und in verschiedenen anderen Medien der deutschen Hauptstadt auftauchenden Halbwahrheiten, Gerüchten und Polemiken aufräumen. Mit den Behauptungen, die über den jungen Staat Vegania und der von ihm vertretenen und propagierten Politik und Lebensgemeinschaftskonzepte kursieren und z.T. ziemlich kontrovers veröffentlicht wurden.

Wir wollen also Ihre Klarstellung aus erster Hand, indem ich Sie dafür nach allen relevanten Fakten ohne Scheu und Voreingenommenheit befrage. Ich hoffe, dass das für alle hier Anwesenden akzeptabel ist?« eröffnete er und schaute erwartungsvoll in die Gesichter der Anwesenden. Einige nickten stumm, andere verhielten sich abwartend.

»Das finde ich – und damit spreche ich hier auch für andere – durchaus fair, gerechtfertigt und okay«, stimmte ihm Vanessa zu. Den Hintergrund zur Entstehung, d.h. die Historie zur Etablierung eines eigenen veganen Staates Vegania habe ich Ihnen ja schon vorab in einer kurzen Übersicht – und zwar wertfrei – mitgeteilt, Herr Krittin. So könnten Sie jetzt also auf diesem Vorwissen aufbauend Ihre erste Frage stellen!«

»Richtig«, bestätigte Felix lächelnd. »Was unsere Leser und sicher auch die Video- & TV-Zuschauer am meisten interessiert, ist die inzwischen in Vegania entwickelte und funktionierende Infrastruktur mit allen ihren spezifisch veganen Einrichtungen, Unternehmen und dem hier herrschenden Gesetzesrahmen dafür – also für das Zusammenleben gleichgesinnter Veganer in ihrem eigenen Staatswesen und ihrem Verhältnis zur Welt außerhalb ihres Staatsgebietes.

Allerdings ist ja bereits auch nach außen hin bekannt geworden, dass sich nicht alle in Ihrem Staat lebenden Veganergruppen in der Konsequenz ihrer jeweiligen Ausrichtung inzwischen mehr einig sind. Neben der größten, führenden Einwohnergruppe der liberaleren Veganerthaler gibt es ja noch die strengeren Veganistaner und die noch strikteren Roganecker.

Aber zu diesen beiden extremeren Volksgruppen sollten wir später zu sprechen kommen.

Beginnen wir mal zunächst mit dem Hauptteil Veganathal, der sowohl intern wie extern vor allem den jungen Staat Vegania repräsentiert. Wie haben Sie also die ganz eigene Infrastruktur Ihres Staates und auf der Basis welcher Gesetze aufgebaut und ausgestaltet? Beginnen wir mit der Wirtschaftsstruktur, die ja die Basis jedes funktionierenden Staatswesens bilden muss.

Handelt es sich hierbei mehr um eine staatlich-sozialistisch orientierte Veganwirtschaft oder um eine auf veganer Privatwirtschaft beruhende Struktur?«

»Es gibt beides«, antwortete Vanessa. »Begonnen hatte alles zunächst mit einer auf privater veganer Biolandwirtschaft gegründeten Basiswirtschaft der Gründer – unter der Führung meines Vaters als Staatsgründer, wie Sie wissen«.

»Protest!« meldete sich Roger Scharff dazwischen. »Zu den führenden Staatsgründern zähle auch ich, wie du wohl vergessen hast, Vanessa!«

»Okay, Roger, aber mein Vater ist dennoch die erste Führungsperson, wie du ebenfalls wissen solltest«, entgegnete

Vanessa in rügendem Ton. »Und bitte noch einmal: keine Unterbrechungen!«

Knurrend winkte Roger Scharff ab. »Du bringst hier aber schon von Anfang an einseitige Betonungen und Bevorzugungen ins Gespräch, Vanessa!«

»Die Justiz- und Polizeiführung als erstes Staatsgründungselement voranzustellen ergibt ein schiefes polizeistaatsähnliches Bild, Herr Polizeichef! Dazu kommen wir noch später. Kann ich jetzt weiterreden, Roger?« Sie bekam eine steile Falte auf der Stirn.

»Bitte weiter!« forderte Scharff sie in krötigem Ton auf.

»Also nur von einer privaten veganen Biolandwirtschaft alleine her konnte man kein eigenes Staatswesen betreiben?« nahm jetzt Felix den Faden wieder auf.

»Richtig«, bestätigte Vanessa lächelnd. »Aus diesem Grund wurde die Basis auf andere wichtige Wirtschaftszweige und eine alles verbindende Verkehrs- und Versorgungsstruktur zügig erweitert. Finanzielle Mittel standen hiefür inzwischen ausreichend zur Verfügung. Da man aber so schnell nicht genügend privatwirtschaftliche, vegan ausgerichtete Unternehmensinvestoren aufbringen konnte, wie das zum Aufbau eines funktionierenden Staates notwendig war, organisierte man sukzessive , aber relativ schnell eine halbstaatliche bis staatliche Infrastruktur-Wirtschaft. Das heißt, wir gründeten dafür staatliche Firmen und Firmenketten, die wir mit professionell und zusätzlich vegan ausgebildeten Führungs- und sonstigem Personal ausstatteten.«

»Welche Firmen waren die ersten, mit denen es begann?«

»Nachdem wir in der Staatsveganei gleich nach deren

Gründung die Baubehörde für den Aufbau der neuen Ansiedlungen installiert hatten, entstand unsere staatliche Bauträgergesellschaft VeganBau. Für diese engagierten wir die ersten vegan ausgerichteten Architekten und Bauingenieure, die neue Siedlungswohnbauten und Reihenhäuser aus rein veganen Baustoffen planten und an den drei neuen Orten Veganathal, Veganis und Roganeck aufbauten«.

»Vegane Baustoffe?« fragte Krittin. »Sind denn nicht so gut wie alle modernen Baustoffe frei von Tierleid produziert?«

»In Frage kamen ausschließlich ökologische Naturbaustoffe, die auch z.B. vegane Bindemittel und Farbstoffe enthielten«:

»Schon bei der Planung wird bei uns auch nur veganes Papier – ohne Gelatine- oder Kasein-haltige Bindemittel und Oberflächen – eingesetzt und …!« warf Vanessas Vater ergänzend ein.

»Ja, okay, Vater«, unterbrach ihn Vanessa. »Aber ich bat um keine Unterbrechungen, bitte!«

»Du vergisst aber die BüroVega-Läden für vegane Büro- und Schreibwaren-Artikel, denn ohne diese wäre die Planung nicht in veganer Weise möglich gewesen!« meinte ihr Vater in tadelndem Ton.

»Okay«, hakte sich Felix Krittin ein. »Und woher bekamen Sie alle diese Artikel? Die mussten doch wohl von außerhalb eingeführt werden?«

»Ja, natürlich«, nickte Vanessa. »Wir schickten entsprechend vorgebildete Einkäufer nach Berlin und anderswohin, um diese veganen Produkte in den Öko-Shops aufzuspüren. Später schlossen wir Verträge mit Lieferantenfirmen, die für uns solche veganen Schreibwaren als unsere Handelsmarke unter dem Namen ScribaVega produzieren«.

»Gut«, meinte Felix. »Aber zurück zum Aufbau der veganen Bau- und Infrastruktur Ihres Staates. Sie mussten ja auch zunächst Straßen und Versorgungsanlagen planen und bauen?«

»Richtig. Und auch dafür entschieden wir uns für vegane Straßenbeläge, Rohre und Verkabelungen, d.h. ohne irgendwelche Bindemittel und Kunststoffe, die Vorproduktanteile tierischer Herkunft enthielten. Um dabei sicherzugehen, hatten wir gleich zu Anfang auch unser VegaLab Staatslabor geschaffen, in dem heute über 150 Experten alle Stoffe und Produkte prüfen und testen, die bei uns verwendet, verkauft oder entwickelt werden.«

»Aha«, nickte Felix und fragte weiter: »Das war also die Planungs- und Aufbauphase für die vegane Infrastruktur. Und was war der nächste Schritt?«

»Als nächstes mussten wir die vegane Versorgungsstruktur für das vegane Leben in unserem neuen Staatswesen schaffen«, erklärte Vanessa und lächelte. »Zunächst waren das die Dienstleister und Läden für das Alltagsleben und den Alltagskonsum. So schuf man drei VegaNow-Supermärkte in den drei neuen Ansiedlungen sowie je einen Modavega-Textil- & Schuhmarkt und eine Veganithek-Apotheke & Bücherei.«

»Eine vegane Apotheke und Bücherei als Einheit? Wie sorgte man da für vegane Konsequenz?« wollte der Journalist wissen.

»In manchen herkömmlichen Apotheken gibt es ja auch schon vegane Abteilungen. Unsere VegaLab-Experten konnten auf dieser Basis die erste Apotheken-Grundausstattung mit veganen Medikamenten, Nahrungsergänzungen und Körperpflegepräparaten zusammenstellen – also mit solchen Produkten, die weder auf der Basis von Tierversuchen noch mit tierischen Bestandteilen hergestellt wurden und z.T. schon als vegan ausgezeichnet sind. Dazu haben unsere veganen Labor-Pharmazeuten inzwischen verschiedene eigene vegane Präparate entwickelt.«

»Es gibt doch aber für so manche Krankheiten und Gesundheitsstörungen bisher oft nur Mittel, die nicht veganen Ursprungs sind – denn für alle gängigen Indikationen gibt es ja noch gar keine veganen Mittel?«

»Das ist leider richtig«, bestätigte Vanessa. »Deshalb werden bei uns auch Anwendungen solcher unveganen Medikamente und Präparate abgelehnt. Aber an der veganen Ersatz-Entwicklung ..«

» ...arbeiten wir längst mit Vorrang – und kommen darin bereits gut voran!« unterbrach sie Staatssekretärin Segunda Ganery ungeduldig.

»Bitte, Segunda – ich bat bereits mehrmals um keine Unterbrechungen und Einwürfe«, tadelte sie Vanessa. »Aber es stimmt – unser Staatslabor arbeitet nicht nur selbst daran, sondern vergibt solche Entwicklungen auch in Fremdaufträgen.«

»Warum ist aber nun die Bücherei mit der Apotheke zusammengefasst?« wollte Felix noch wissen.

»Erstens, weil hier sämtliche aktuelle Literatur über veganes Leben usw. angeboten wird und zweitens, weil alle andere Literatur wie Ratgeber, Romane, Märchen oder Poesie bei uns nur angeboten werden darf, wenn sie inhaltlich nicht unserer veganen Ideologie widerspricht – und wenn sie auf veganem Papier mit veganen Farben gedruckt und mit veganem tierleidfreiem Leim-Einband versehen sind! Und deren Einkauf obliegt ebenfalls der Apotheke«.

»Alte Literatur bzw. historische Bücher gibt es dann also nicht? Auch keine Landkarten?« Oder Märchen wie ›Der Wolf und die sieben Geißlein‹ usw.?«

»Nein, die müssen alle außen vor bleiben. Sie dürfen auch nicht im Ausland gekauft und hier in unserem Land an andere weitergegeben werden.«

»Das ist ja hart!« meinte der Journalist.

»Eine Ausnahme machen wir höchstens, wenn ältere Literatur zum Thema Veganes Leben z.T. noch mit herkömmlicher Druck- und Einbandtechnik hergestellt wurden und es diese Titel in vegan produzierter Ausführung bisher nicht gibt«.

»Wie grooooßzügig …«, war Felix' spöttischer Kommentar dazu.

»Ja, und das ist ein ausgesprochener Skandal!« rief Rudi Kahl erbost dazwischen. »Solche Titel gehören nicht nach Vegania, auch wenn sie vegane Inhalte haben! Das ist absolute Inkonsequenz, denn so beginnt die Aufweichung und Verwässerung unserer Prinzipien!

Unerhört ist es auch, wenn veganes Schriftwerk fotokopiert und dabei nichtvegane Kopiertoner verwendet werden. Kommt immer wieder mal vor – darauf sollten höhere Geldstrafen angesetzt werden!«

»Ja, und da unterscheiden sich also unsere politischen Richtlinien«, meinte Vanessa selbstbewusst. »Wenn wir wollen, dass unser veganer Staat für mehr Interessenten, Zuzügler und Bürger aus dem deutschsprachigen Ausland

attraktiv werden soll, müssen wir etwas offenere, toleran-
tere Regelungen für das Leben in Vegania einführen.
Nur damit werden wir auch die Chance haben, unsere liberalere Vita Vegan-Parteibasis zu vergrößern und auszu-
bauen!«

»Das ist Wischiwaschi – so einen Staat wollen wir nicht!«
rief Rudi Kahl.
»Ich meine, Vanessa hat recht!« pflichtete ihr Bruder Philipp, der außenpolitische Sprecher Veganias, bei. »Dann
kommen wir von der hauchdünnen Mehrheit endlich zu
einer stärkeren Regierungsbasis und bräuchten eventuell
auch keine Koalition mit euch einzugehen. Aber wenn eure
PicaVega doch in einer künftigen Koalition mit uns zusammen regieren möchte, muss sie ebenfalls zumindest ein
wenig toleranter und weltoffener werden und nicht 100%ig
vegane Übergangslösungen zulassen!«
»Darüber reden wir noch!« rief Rudi Kahl leicht aufgebracht. »Da haben wir dann auf der anderen Seite auch
noch ganz eigene Vorstellungen und Forderungen dazu!«
»Wir haben doch sowieso noch viele nicht 100% vegane
technische Geräte hier im Gebrauch«, bemerkte Vanessa.
»Nämlich, weil es dafür noch gar keine vollveganen Alter-
nativen gibt: Alle modernen elektronischen Geräte z.B. wie
Computer, Laptops, Smartphones, TV- und Radiogeräte,
Medizingeräte und Haushaltsgeräte enthalten notwendigerweise u.a. Kupferdrähte – und diese sind bisher nicht
wirklich vegan. Bei der Kupferherstellung wird nämlich
Knochenleim aus Schlachtabfällen als Elektrolyse-Kata-
lysator eingesetzt. Bei Strom- und Netzwerkkabeln z.B.
fürs Internet und die weitere notwendige Digitalisierung

genauso. Ohne diesen Zusatz wäre die Herstellung unwirtschaftlich und das Kupferergebnis spröder und weniger hochwertig.

Ja, selbst in allen unseren bisher produzierten sog. veganen Elektro-Kraftfahrzeugen – ob Autos, LKWs, Bussen, E-Bikes, E-Scootern usw. sind nach wie vor solche Kupferdrähte und -kabel verbaut – also auch diese sind noch nicht 100% vegan.

Bei der Herstellung von allen LCD-Bildschirmen für TV- und PC-Geräte sowie Smartphones wird Cholesterin aus Zellmembranen von Tieren für die Flüssigkeitskristalle verwendet, denn ohne dieses ginge es nicht. Ja, und bei der Aufbereitung des Trinkwassers, das wir notwendigerweise aus der benachbarten Bundesrepublik beziehen, werden Bakterien zur hygienischen Reinigung eingesetzt.

Wir können also noch lange nicht 100%ig vegan in unserem Kleinstaat leben und wirtschaften, wie man nur an diesen Beispielen sieht. Deshalb müssen wir Abstriche von allzu rigiden Forderungen machen, die heute noch unerfüllbar sind – und daher toleranter mit unseren Zielvorstellungen und unseren Wegen dahin umgehen!« schloss sie ihre Ausführungen.

»Das sehen wir gänzlich anders!« entgegnete Rudi Kahl verärgert. »Wenn man jetzt noch nicht alle Ziele erreichen konnte, dann nur deswegen, weil immer nur wieder wachsweiche Kompromisse für die konsequenten Forschungen und Umsetzungen gemacht und geduldet werden. Hier müssen ganz knallhart kurzfristige 100%-Ziele gesetzt und knapp terminiert umgesetzt werden und im Nichterfolgsfall ebenso knallharte Sanktionen und Strafen erfolgen – ohne faule Kompromisse! Denn nur höchster Druck erzeugt echte Diamanten!«

»Können wir jetzt weitermachen?« fragte Vanessa und lächelte etwas gequält. »Dieses ist nicht unser heutiges Thema. Das wird anderenorts zu besprechen sein und in größerem Rahmen. Ich wollte Herrn Krittin schließlich auch noch erklären, welche weiteren veganen Institutionen bereits heute zu unserer Versorgungsstruktur gehören«.

»Genau!« meinte Felix. »Wie sieht es z.B. mit der weiteren Gesundheitsversorgung in Vegania aus?«

»In enger Kooperation mit unserem VegaLab Staatslabor wurde dann unsere Veganikum-Klinik hier in Veganathal aufgebaut, in der nur vegan-orientierte Mediziner, Pflegekräfte und Apotheker mit veganen medikamentösen bzw. operativen Methoden und Medizingeräten arbeiten. Alles streng vegan! Ja, und Konzessionen für niedergelassene Ärzte wurden ebenfalls nur an solchermaßen aus- und fortgebildete Ärzte und Arzthelferinnen vergeben. Unsere Medizin basiert naturgemäß deshalb überwiegend auf reiner Naturmedizin – und unsere Arztpraxen und niedergelassenen Ärzte heißen deshalb auch VeganCuratoren bzw. VeganCurator-Praxen. Das Gleiche gilt für unsere Tierarztpraxen, die bei uns VeterinCuratoren heißen.«

»Und bei Krankheiten und Indikationen, für die es bislang noch keine veganen Medikamente gibt, wie behandeln Ihre VeganCuratoren diese dann?«

»Ausschließlich mit Naturmedizin, die dafür jeweils noch am ehesten geeignet erscheint. Leider lassen sich einige untreue Patienten stattdessen gesetzeswidrig im Ausland mit den nichtveganen Medikamenten und Methoden behandeln, was, wenn es rauskommt, Geldbußen nach sich ziehen kann – außer bei lebensrettenden Notfällen!« schaltete sich Segunda Ganery wieder dazwischen.

»Aha, wenn es um Lebensrettung geht, ist unvegan also gerechtfertigt!« stellte Krittin nicht unzufrieden fest. »Und natürlich muss ja wohl auch das Bildungswesen in Vegania veganspezifisch ausgerichtet sein – oder?« fragte der Journalist weiter.

»Richtig. Wir haben dafür hier in Veganathal unsere VeganEducation-Gesamtschule. Hier spielt natürlich vor allem das Fach Veganbiologie die wesentliche Hauptrolle. Auch schon die vorschulische Vegan-Erziehung beginnt hier in unserer Kidvega-Kita – und nur eine vegane Universität fehlt uns noch. Aber daran arbeitet auch schon unsere Bildungsministerin Birgitta Klever – sie ist zugleich unsere Schulleiterin – gemeinsam mit den VegaLab-Spezialisten«.

»Märchen wie ›Rotkäppchen und der Wolf‹ oder Kinderlieder wie ›Fuchs du hast die Gans gestohlen‹ wird es dann in Ihrer Kidvega-Kita wohl nicht geben, wie?« fragte Felix.

»Selbstverständich nicht!« rief Staatssekretärin Segunda Ganery dazwischen. »Solche vorveganen, entarteten Frühbildungsentgleisungen sind bei uns strikt verboten, ist doch wohl klar!«

»Wichtig ist auch noch zu erfahren, wie genau Ihre Energiepolitik aussieht?« wollte Felix wissen.

»Unsere Energie-Netzversorgung gründet sich auf vegan erzeugtem Ökogas und Ökostrom, die wir aufgrund von Spezialverträgen von zwei Versorgern aus dem deutschen Umland beziehen. Unsere Energie für den Verkehr liefern unsere drei Veganol- & E-Tankstellen. In erster Linie Ökostrom für die Elektroautos und -fahrzeuge – und Ökobenzin auf pflanzlicher Nichtpetrolbasis für die Hybridautos, die wir vorläufig noch brauchen.«

»Aha, ja«, nickte Felix Krittin. »Und jetzt habe ich doch auch mal eine Frage an Herrn Rudi Kahl: Bei den bald anstehenden Neuwahlen in Vegania ist ja womöglich an eine Koalition Ihrer PicaVega-Partei mit der derzeitigen Regierungspartei Vita Vegan gedacht. Unter welchen Voraussetzungen und Vorstellungen Ihrerseits wäre eine solche Koalition denkbar?«

»Das wird schwierig!« meinte Rudi Kahl. »Sie sehen ja, die Vita Vegan will die vegane Staatsstrategie aufweichen und nachgiebiger gegenüber neuen Interessenten auftreten. Wenn wir da eine gemeinsame Basis für eine Regierung finden wollen, können wir das nur tun, indem wir eine mittelfristige Aufweichung gleichzeitig verhindern müssen. Das heißt, wir müssten ausloten, ob wir – um den Eintritt für vegane Interessenten in unsere Parteien und unseren Staat zu erleichtern – vorübergehend für eine zeitlich begrenzte Eintrittsphase auf noch zu bestimmenden Sektoren die veganen Zügel lockerer lassen.

Diese Phase müsste dann aber als eine Art kontrollierte Probezeit und Bewährung für Neumitglieder gelten. Nach deren Ablauf müssten dann die Zügel wieder straffer in Richtung vegane Konsequenz angezogen werden. Wer diese Probezeit nicht besteht – und das gilt auch für unsere bestehenden Mitglieder, wenn sie diese Lockerungszeit für das vegane Leben missbrauchen – der sollte mit dem Parteiausschluss bzw. mit der nichtdauerhaften Staatsaufnahme in Vegania rechnen müssen. Diese kurzzeitige Lockerung soll also nur eine allmähliche statt einer abrupten

Gewöhnungsphase an das strikte vegane Leben darstellen – und sonst nichts!«

»Das ist ein politisches Thema, das nicht hier in dieses Interview passt! Darüber wird später innenpolitisch zu sprechen und zu verhandeln sein«, warf Staatschef Rainer Kreuter ein.

»Genau!« meinte auch sein Sohn als außenpolitischer Sprecher. »Das ist hier völlig verfrüht angesprochen. Erst müssen solche programmatischen Fragen innenpolitisch geklärt und beschlossen werden, ehe man damit an die Medienöffentlichkeit geht. Lassen Sie also diese Frage aus Ihrem Interview-Report heraus, Herr Krittin! Auch, was Sie hier eben von Herrn Kahl gehört haben!«

»Okay«, hakte Vanessa sich in den Disput ein. »Wichtiger für den Report über Vegania dürfte zunächst auch sein, dass My-Life aktuell über die funktionierende Infrastruktur unseres jungen Staates berichtet. Und damit das alles nicht nur theoretisch geschieht wie hier in unserem Interview, ist es ebenso erforderlich, dass Herr Krittin unsere wichtigsten veganen Institutionen und Firmen auch praktisch vor Ort kennenlernt «.

»Das ist genau das, was von unserem Verlagshaus auch beabsichtigt ist«, erklärte Felix Krittin in definitivem Ton. »Und zwar möchten wir daraus sogar eine Artikelserie mit jeweils ein bis zwei Besuchsreporten machen!«

»Genau – und darum werden Herr Krittin und ich unsere wichtigsten Institutionen, Firmen und Einrichtungen dafür in den nächsten Tagen auch gemeinsam aufsuchen und jeweils kurze Interviews und Statements der Betreiber aufnehmen, wobei uns das TV-Aufnahmeteam begleiten soll!«

»Wieder etwas Neues!« mokierte sich Roger Scharff und auch Rainer Kreuter warf ein: »Du versuchst uns immer wieder neue Überraschungen aufzuzwingen, Vanessa – aber ok, daraus kann ja auch was Positives entstehen«.

»Dann aber nur unter der Bedingung, dass wir ihnen ein oder besser zwei Vegapol-Begleiter an die Seite stellen, die strikt für die Einhaltung einiger Verhaltensregulierungen sorgen!« rief Roger Scharff und Rudi Kahl nickte und klatschte dazu eifrig.

»Ihr wollt uns Aufpasser mitgeben, die jeden unserer Schritte und jedes Wort überwachen?« fragte Vanessa aufgebracht. »Sind wir hier in Nordkorea?«

»Es sollten eher mehr hilfreiche Begleiter sein, die euch mit Rat und Schutz zur Seite stehen«, schaltete sich ihr Vater besänftigend ein. »Es könnte ja sein, dass Herr Krittin als kritisch beobachtender Auslandskorrespondent hin und wieder Angriffen von weniger toleranten Bürgern ausgesetzt wird – und dann sind so ein oder zwei Sicherheitsleute – selbstverständlich von mir persönlich ausgewählt – sehr von Nutzen..« – und zu seinem Polizeichef gewandt fügte er hinzu: »Klar, Roger?«

»Aber in klarer Absprache mit mir – ich behalte mir hier das Vorschlagsrecht vor!« wandte dieser ein.

»Darüber einigen wir uns schon nachher«, meinte Rainer Kreuter.

»Ja, aber auch ich möchte bei der Auswahl des oder der Begleiter ein Wörtchen mitzureden haben, ok?« forderte Vanessa. Ihr Vater nickte halb verständnisvoll und Roger Scharff gab nach: »Okay, Vanessa, du weißt ja, dass ich dir nicht gerne einen Wunsch abschlage«.

»Was ist denn da draußen los?!« horchte Vanessa plötzlich auf und auch die anderen vernahmen nun laute aggressive Rufe und Unruhe von der Straße.

Philipp Kreuter war aufgestanden und trat an eines der Fenster und andere folgten ihm. »Das ist Milli Tantes wieder. Die hat scheinbar einen kleinen Aufstand organisiert!« Er öffnete eines der Fenster und Milli Tantes' Stimme schlug ihm entgegen: »Wir protestieren entschieden gegen unseren Ausschluss von eurem Presse-Interview! Das ist absolut undemokratisch! Wir haben das Recht auf Darlegung unserer oppositionellen Standpunkte und Forderungen!«

»Gerade du brauchst uns nicht zu belehren, was demokratisch oder undemokratisch ist, Milli!« rief Vanessa aus dem Fenster. »Wir haben euch doch erklärt: Hier geht es nicht um eine politische Veranstaltung, sondern um ein ganz normales, wertneutrales Interview zu unserem veganen Staatsaufbau!«

»Das ich nicht lache, von wegen wertneutral!« rief Milli Tantes aufgebracht. »Und seht mal, wen ich hier mitgebracht habe: Werwolf Rohkemper und Vicco Bornier als Vertreter der VEGAFRA! Wir haben, um unseren Forderungen mehr Wucht zu verleihen, gemeinsam mit den Aktivisten der VEGAFRA das Auto von Felix Krittin in unseren Gewahrsam genommen! Wir werden das entführte halbvegane Stück erst wieder herausgeben, wenn wir und unsere Forderungen im Interview-Raum gehört und später im MyLife aktuell Magazin ungeschmälert wiedergegeben werden!«

»Das ist ja politische Erpressung!« regte sich nun auch der

Journalist auf. »Das sind doch schon Terrormethoden! Was habt ihr an meinem Auto zu suchen? Wie seid ihr überhaupt an die Autoschlüssel gekommen?«

»Wir haben sie uns von der Rezeption des Hotels besorgt! So einfach ist das«, tönte Milli Tantes höhnisch. »Jagt den Scheiß-Schreiberling einfach davon! Weg mit ihm aus Vegania!« schrie jetzt eine Gruppe hinter ihr, die von Vicco Bornier angeheizt wurde.

»Dann brechen wir gemeinsam die Interview-Veranstaltung ab!« rief Vanessa erbost. »Und wir verlangen sofort die Herausgabe des Wagens von Herrn Krittin. Von Gastfreundschaft oder Rechtmäßigkeit gegenüber Gästen habt ihr wohl noch nie etwas gehört?« Felix bekräftigte ihren Standpunkt: »Das ist doch die Höhe, das ist ja schon fastiger Wahnsinn!«

»Vanessa«, schaltete sich ihr Vater wieder ein. »Lass es gut sein. Wir erlauben Frau Tantes und ihrem Stellvertreter den Zutritt. Aber – und das ist meine Forderung als Staatsoberhaupt – nur unter der Bedingung, dass alle anderen Demo-Teilnehmer abziehen, dass das Auto von Herrn Krittin unverzüglich an ihn hier vor dem Haus zurückgegeben wird – und dass Frau Tantes und ihr Stellvertreter die Verhaltensregeln der Interview-Veranstaltung einhalten!«

»Wir verlangen auch persönliche Redefreiheit beim Interview!« forderte Milli Tantes.

»Was ihr darunter versteht, kennen wir!« rief Rainer Kreuter. »Frau Tantes bekommt fünf Minuten zum Vortragen ihrer Vorstellungen für den Landesteil Roganeck – aber ohne Polemik und Ausfälle, einverstanden?«

»Das werden wir aushandeln, wenn wir bei euch drinnen sind«, meinte die Tantes. »Also, wir werden unsere Demo-Teilnehmer zurückziehen und das Auto von Krittin in zehn Minuten vorfahren und übergeben, danach kommen wir rein!«

»Na, soweit okay«, meinte Rainer Kreuter. »Dann mal los! Wir warten!«

Milli Tantes winkte ihren Roganeckern, sich 50 Meter zurückzuziehen und wies einen ihrer Begleiter an, die »Journalisten-Karre« herzufahren.

Vanessa unterbrach die Veranstaltung für 10 Minuten und nach 15 Minuten fuhr einer tatsächlich Felix Krittins Toyota Prius draußen vor. Milli Tantes ließ sich den Autoschlüssel geben und ließ ihn großspurig in die offene Hand des draußen erschienenen Journalisten fallen. »Da haben Sie ihre ungern geduldete Hybrid-Schaukel wieder«, meinte sie geringschätzig.

»Moment mal!« entgegnete Felix Krittin kalt. »Ich muss erst einmal reinschauen, ob alles noch da ist, was drin war!«

»Wollt ihr uns etwa des Diebstahls bezichtigen?« begehrte ihr Begleiter und Vorfahrer des Autos auf.

»Was war denn das anderes als Diebstahl, dass ihr mir meinen Autoschlüssel und mein Auto vom Hotelparkplatz einfach weggenommen hattet?« fragte Krittin zurück. «Aber solche Methoden heißen bei euch ja wohl irgendwie anders.«

»Richtig. Konfiszieren von widerrechtlich eingeführten unveganen Fahrzeugen ist unser Recht!«

»Jetzt ist aber Schluss!« rief Vanessa dazu. »Noch so eine Äußerung und eure Interview-Teilnahme ist geplatzt!«

»Da muss ich mich Vanessa anschließen«, meinte der

Staatschef. »Also reinkommen und in aller zivilisierter Form teilnehmen oder ihr zieht hier ab – unter Begleitung von Roger Scharffs Vegapol-Guards!«

»Über die Rechte der Vegapol – z.B. in unserer Provinz Roganeck – wird sowieso noch zu sprechen sein«, erwiderte Milli Tantes. »Aber darauf kommen wir später zurück und zwar heftig! Also wir kommen!«

»Stopp, stopp!« rief da plötzlich Felix Krittin, der an sein Auto herangetreten war und es sich näher anschaute. »Was habt ihr mit meinem Wagen gemacht?! An der Beifahrerseite ist die Tür außen mit Anti-Parolen wie ›Scheißpresse raus aus Vegania' beschmiert und drinnen ist ein Tohuwabohu von Dreck, Essensresten, Papier und leeren Plastikflaschen! Das Polster ist auch bekleckert ! Ich verlange meinen Wagen so sauber zurück wie er war!«

Jetzt war er echt erzürnt. Vanessa war ihm gefolgt und sah sich die Bescherung ebenfalls an.

»Ihr so überkorrekten, militanten Veganer hinterlasst so eine Schweinerei in einem willkürlich konfiszierten Auto?« schrie sie Milli Tantes jetzt an. »Und dann habt ihr auch noch die Frechheit, den Wagen in solch einem Zustand zurückzugeben! Wenn es darum geht, eure sog. Pressegegner schädigen zu können, wo es nur geht, dann vergesst ihr jeden Anstandsrahmen! Und dann wundert ihr euch, wenn die Auslandspresse negativ über euch schreibt! Eine Schande ist das – für unser Land – aber für euch ja wohl in keinster Weise, oder?«

»Ja, kann ich nur bekräftigen!« nickte Felix Krittin. »Und was geschieht jetzt?«

Vanessa legte beruhigend ihre Hand auf seinen Arm. »Lassen Sie das Auto stehen. Wir schließen es ab und ich lasse es auf Staatskosten reinigen – bis morgen – und zwar picobello! Die Roganecker machen wir dann regresspflichtig!« wandte sie sich an Milli Tantes erbost.

Inzwischen waren auch ihr Vater und ihr Bruder näher gekommen und schüttelten den Kopf. »Recht so, Vanessa. So einen Umgang mit unseren Pressegästen können wir nicht auf uns sitzen lassen, das lassen wir uns nicht gefallen!« stellte Rainer Kreuter fest und Philipp Kreuter bestätigte: »Das ist ein Punkt – den können Sie getrost in Ihrem Report als Randbemerkung bringen und unsere offizielle Entschuldigung dazu ebenfalls. Es fällt also doppelt auf Frau Tantes und ihre Roganecker zurück!«

»Ich denke gar nicht daran!« protestierte die Tantes. »Ich habe das Presseauto nicht verschmutzt und auch keine Anweisung dazu gegeben! Die Roganecker distanzieren sich hiermit von der angeblichen Tat und weisen jegliche Schuldzuweisung strikt zurück!!«

»Ist ja klar«, stellte Vanessa fest. »Die Radikalos bestreiten immer alles – außer ihren Lebensunterhalt!«

»Wenn, dann waren es die VEGAFRA-Aktivisten!« erklärte Milli Tantes.

»Ach, und ihr habt auch gar nichts davon gemerkt und das verdreckte Auto hier so mir nichts dir nichts aus immerhin eurer ›Geiselhaft‹ freigegeben?«

Vanessa nahm den Autoschlüssel an sich. »Erzählt mir keine blöden Ausflüchte. Die Sache hat noch ein Nachspiel, da könnt ihr sicher sein!«

»Unter diesen Umständen verzichten wir auf die Teilnahme an eurer unwürdigen, abgekarteten Presse-Interview-Farce!« rief daraufhin Milli Tantes aufgebracht. »Mit dieser impertinenten Art von euch und eurem manipulierten Interview haben wir nix mehr gemein! Guten Tag!«

»Auch gut – oder sogar noch besser!« erklärte Rainer Kreuter und sogar Roger Scharff, der neben ihm stand, nickte bestätigend: »Ihr macht ja selbst unserer Vegapol immer wieder Ärger, weil ihr sie nicht anerkennen wollt! Solange Roganeck aber zum Vegania-Staatsgebiet zählt, habt ihr unsere Staatsgesetze und Staatspolizei zu respektieren. Gut, zieht davon und igelt euch ein, dann lasst ihr unser Tun wenigstens in Ruhe.«

»Damit solltet ihr nicht rechnen!« entgegnete Milli Tantes höhnisch. »Für uns ist das alles noch lange nicht ausgestanden! In diesem aus dem Ruder laufenden Veganer-Staat muss sich erst sehr viel ändern, ehe wir Ruhe geben und auch eine – aber dann auch revolutionär umgestaltete – Polizei akzeptieren!«

»Dennoch werden wir auf unserer Besichtigungsreise durch Vegania ebenso kurz Roganeck besuchen«, stellte Vanessa fest. »Natürlich in Begleitung durch die Vegapol, schon zu unserer Sicherheit! Dass das nötig ist, zeigt ja schon allein euer Umgang mit dem Auto unseres Gast-Journalisten, Herrn Krittin. Aber als Staatsrepräsentantin habe ich das Recht, mit Herrn Krittin eine offizielle Besuchsreise auch in euer Landesgebiet zu unternehmen und uns unbehelligt zu bewegen. Oder strebt ihr etwa nach Nordkorea-Verhältnissen?« fragte sie.

»Wenn ihr mit Krittin und der Vegapol anrückt, werden wir unsere eigene örtliche Vegapol-Begleitung zusätzlich organisieren und euch minütlich auf die Finger gucken! Da könnt ihr Gift drauf nehmen!« rief die Tantes mit stolz gerecktem Hals.

»Das sollten Sie wirklich lieber selber nehmen – und runterschlucken, nicht ausspucken«, meinte Philipp Kreuter, während Milli Tantes und ihr Begleiter abzogen und ihnen einen abschätzigen Wink nach hinten zuwarfen. »Arroganz ist die Kunst, auf seine eigene Dummheit stolz zu sein!« rief er ihnen noch hinterher.

»Okay, Herr Krittin«, erklärte Vanessa besänftigend. »Ich lasse Ihr Auto abholen und reinigen – und dann bringe ich es Ihnen persönlich zum Hotel«.

»Gerne«, nickte der Journalist. »Gut, dann gehen wir wieder rein und ergänzen unser Interview noch um einige Details – ohne die Roganecker – und stimmen uns ab für den Beginn unserer Rundreise, okay?« lächelte sie ihn an.

»Einverstanden, gerne«, grinste Felix angetan. »Das wird sicher spannend. Davon können wir ausgehen!«

»Unsere Rundreise werden wir ab morgen nach kurzen Besuchen des größten VegaNow Supermarktes und des Moda-Vega Mode- und Schuhmarktes dann bei unserem Veganen Wildpferd- & Haustierpark ›Veganimal Park‹ in Veganis « abschließen«, kündigte ihm Vanessa an. »Dieser wird von unserer staatseigenen ›Veganimal Protect‹ Tierschutz-Liga VPL unterhalten. Denn schließlich basiert die gesamte Staatsphilosophie von Vegania ja auf leidfreiem veganem Tierleben und das veranschaulicht am besten die Führung in unserem ›Veganen Zoo‹. Da der Begriff Zoo aber überall sonst angeblich mit artgerechtem, leidfreiem Tierleben wenig gemeinsam hat, heißt er bei uns eben Veganimal Park«.

»Aha, ja denn«, meinte Felix Krittin. »Dann lasse ich mich mal in dieser Hinsicht überraschen«.

***

Bevor man das offizielle Interview mit TV-Aufzeichnung und der abschließenden Klärung von ein paar ergänzenden Detailfragen in der Staatsveganei beendet hatte – und Rainer und Philipp Kreuter sowie natürlich Roger Scharff noch einige ermahnende Richtlinien-Anweisungen hinzugefügt hatten, ließ Vanessa den Journalisten Krittin auf Staatskosten durch ein weiß-grünes Nissan Leaf Elektro-Staats-Taxi zurück in sein Hotel bringen.

Aber auch dort vor dem Eingangsbereich warteten schon wieder einige VEGAFRA-Aktivisten, die ihn mit johlenden Beschimpfungen empfingen.

»He, ausländischer Schmutzschreiber der unveganen Schmierpresse! Wo hast du denn deine unvegane Scheiß-hybridkarre gelassen?« schrie ihm ein vierschrötiger Stiernackiger mit kurz rasierter grüngefärbter Stoppelbürste und grün tätowiertem VEGAFRA-Emblem auf der Stirn entgegen.

»Da, wo ihr das geklaute, entführte, beschmierte und verdreckte Ding stehen gelassen hattet!« rief er zurück. »Damit habt ihr mir prima Stoff zum Schreiben über euch geliefert! Ihr dürft euch über den Bericht freuen!« Und schon verschwand er durch den Hoteleingang, bevor ihn eines der faulen Eier traf, die sie ihm nachwarfen und die ja in Vegania den Hühnern nicht weggenommen und erst verwendet werden durften, wenn sie faul wurden – nämlich zum Werfen.

In seinem Hotelzimmer duschte Felix Krittin erst einmal, bevor er sich zum Abendessen im Hotelrestaurant fertig machte.

»Bitte benutzen Sie ausschließlich unsere veganen Hotel-
handtücher und Waschlappen. Die Benutzung von eigenen
mitgebrachten Waschlappen und Handtüchern ist nicht erlaubt!« stand auf einem Wandschild neben dem Badspiegel.
»Vielen Dank für den Hinweis. Ich werde meinem unvegan
ernährtem Körper hier kein unveganes Handtuch zumu-
ten«, murmelte er vor sich hin. Kaum hatte er sich frisch
gemacht und wieder angezogen, klingelte plötzlich sein
Zimmertelefon.

Verwundert hob er den Hörer ab. »Krittin«, meldete er sich
mit fragendem Unterton.
»Felix! Ich bin froh, dass ich dich in deinem Hotel erreicht
hab'«, hörte er eine ihm noch gut vertraute Frauenstimme.
»Gerrit!?« wunderte er sich und fragte sich, woher seine
Ex-Freundin Gerrit Lohse wusste, dass er hier war. «Lange
nix von dir gehört – wie lange? Schätze, so ein Jahr? Wie
hast du mich hier gefunden und wie geht's dir?«
»Na, in Vegania spricht sich deine Anwesenheit rasend
schnell rum!« meinte sie. »Schließlich lebe ich ja hier seit
fast einem Jahr!«
»Ja, du musstest dich ja in diesen Veganistan-Lokalpoliti-
ker – wie heißt er noch gleich – Hals über Kopf verknallen
und bist zu ihm nach Vegania gezogen«.
»Igor Waldschütz, ja«, bestätigte sie in wenig erfreutem
Ton. »Aber Igor hat sich inzwischen als echter Despot entpuppt – er tyrannisiert und überwacht mich ständig in seiner totalitären Art. Das ist jetzt mein Problem. Im Moment
ist er Gott-sei-Dank nicht hier, deshalb rufe ich dich an.
Ich will hier von ihm unbedingt weg, aber er macht mir
Angst!«

»Ich hatte dich ja vor ihm gewarnt! Dass der ein Despot ist, hatte ich damals schon gespürt«, erwiderte Felix achselzuckend. »Das hast du jetzt davon«.

»Ich will aber weg von ihm! Wir waren doch mal so ein tolles Paar! Felix, es tut mir so leid, dass ich mich damals von ihm hab' einfangen und täuschen lassen. Ich bereue das zutiefst! Ich möchte zurück zu dir! Hilf mir dabei!« flehte sie fast.

»Wie stellst du dir das vor?« wehrte Felix ab. »Es war damals deine Entscheidung. Außerdem bin ich jetzt mit einer anderen Frau zusammen, mit Annalena Klett, der Redaktionsassistentin vom MyLife aktuell Verlag. Die wird mich übrigens auch bald anrufen!«

»Felix – ich will dich ja nicht überfallen – aber reden sollten wir schon mal unbedingt miteinander. Vielleicht kannst du mir aus Igors Umklammerung helfen?! Ich habe von Rainer gehört, dass du mit der Pressereferentin Vanessa Kreuter morgen nach Veganis kommst, um hier den Veganimal Park zu besichtigen. Da könnten wir uns doch so ganz am Rande treffen und miteinander reden«.

»Das halte ich für keine gute Idee, Gerrit«, wehrte Felix ab. »Ich werde ununterbrochen mit Frau Kreuter und Vegapol-Begleitung unterwegs sein!«

»Das macht doch nichts. Ich kenne die doch. Wenn ich dich dort ganz zufällig treffe, werden doch ein paar Minuten separates Gespräch möglich sein!«

»Das glaube ich kaum«, meinte Felix. »Ich werde praktisch dabei nie alleine sein. Außer dir einen kurzen Gruß zurufen zu können wird wohl nicht drin sein.«

»Ich werde da sein!« versprach ihm Gerrit Lohse dennoch.

»Dein Risiko, Gerrit – und tschüss dann«, beendete er das Gespräch.

Kaum hatte er aufgelegt, meldete sich sein Handy in der Hosentasche. Seine Redaktionsassistentin und derzeitige Freundin Annalena Klett war dran.

»Hallo, Felix!« rief sie. »Lebst du noch – oder hat man dich schon vegan auseinandergenommen und analysiert?«

»Hei, Annalena«, begrüßte er sie erleichtert. »Du bist es! Nein, mich haben sie hier noch nicht auseinandergenommen, dafür aber mein Auto«.

»Tatsächlich?« Sie klang gar nicht besonders verwundert. »Was haben sie denn damit gemacht?«

Er erzählte es ihr etwas genauer. »Und wie kriegst du es wieder?« wollte sie wissen.

»Es wird jetzt auf Staatskosten gereinigt und die Pressereferentin Vanessa Kreuter bringt es mir nachher persönlich zum Hotel«.

»Die Tochter vom Staatschef persönlich?« wunderte sich Annalena.

»Ja, die ist fast die einzige hier, die als Veganerin auch Toleranz aufbringt. Sie ist sogar wirklich freundlich und entgegenkommend.«

»So!« meinte Annalena leicht schnippisch. »Dann pass' mal auf, dass sie dir nicht zu entgegenkommend begegnet. Du klingst ja schon sehr eingenommen für sie. Soll ich auch dazu kommen?« schlug sie vor.

»Nein, ich glaube nicht, dass das eine gute Idee wäre«, wehrte Felix ab. »Das könnte hier erneute Probleme aufwerfen. Ich werde schon auf mich aufpassen«.

»Komm' doch zwischendurch mal zu mir nach Berlin!«

»Das kann ich jetzt noch nicht versprechen, Annalena. Ich werde sehen … vielleicht übermorgen …«

»Ja, bitte«, antwortete sie fordernd.

»Ja, gut – und jetzt muss ich duschen und mich für's Abendessen – vegan natürlich – fertigmachen. Aber das schmeckt z.T. durchaus annehmbar!«

»Okay, Felix, melde dich! Lasse dich nicht von denen – oder von dieser Vanessa – einfangen!«

»Keine Sorge, Annalena«, beruhigte er sie. »Ich bin ja kein Anfänger – auch nicht mit Frauen«:

»Eben drum«.

»Tschüss, Annalena«, beendete er das Gespräch.

***

Kaum hatte sich Felix Krittin frisch gemacht und umgezogen, ging er hinunter in die Lobby und wartete bei einer veganen Erdbeer-Rhabarber-Schorle auf Vanessa Kreuter. Auch in die staatliche ›Vegania Abendpost‹, die vegan-druckfrisch an der Rezeption auslag, schaute er mal hinein: ›MyLife aktuell-Reporter unsanft in Vegania empfangen‹ lautete hier die Leitartikel-Überschrift und im Text wurde relativ neutral auf das Vorhaben der begleiteten Besichtigungstour von Felix Krittin durch den Kleinstaat eingegangen.

Um 19 Uhr erschien schließlich Vanessa Kreuter in der Hotel-Lobby und ging mit dem baumelnden Autoschlüssel in der Hand auf Felix zu. Auch sie hatte sich zum Abend frisch in Schale geworfen. Sie trug einen schwarzen Ausgeh-Hosenanzug mit grün-glitzernden Pailletten, der sie noch attraktiver als am Tage zur Geltung brachte.

»Guten Abend, Herr Krittin!« begrüßte sie ihn gut gelaunt. »Ich bringe Ihnen Ihr gutes Stück zurück – gewaschen und gereinigt!«

»Etwa auch gefönt?« fragte er sie und erhob sich.

»Das müssten Sie allerdings dann eher selbst tun«, meinte sie lächelnd. »Ihr Wagen steht gegenüber vom Hoteleingang!«

Sie ließ den Autoschlüssel in seine offene Hand fallen und fragte: «Haben Sie heute Abend privat schon etwas vor?«

»Nein, nicht direkt, aber vielleicht wird es ja etwas privater?« meinte er ebenfalls lächelnd.

Sie lächelte stärker zurück: »Ich hätte nichts dagegen. Wir sollten allerdings unseren von mir ausgearbeiteten Besuchstourplan noch einmal vorher kurz durchsprechen, damit wir beide morgen früh gleich durchstarten können«.

»Gerne. Das sollten wir aber unbeobachtet und ungestört tun, am besten, oben in meinem Zimmer?«

»Einverstanden«, lächelte sie zurück und beide machten sich auf, nach oben zu gehen.

»Es gibt doch hier auch einen Lift?« fragte sie.

»Sicher, aber mein Zimmer liegt gleich im ersten Stock«.

»Das macht nichts. Am Ende des Tages steige ich auch gerne mal in einen geschlossenen Fahrstuhl«, meinte sie breit lächelnd und ging zum Lift.

»Okay, Vanessa. Ihr Wunsch ist mir natürlich Befehl – oder besser: Dein Wunsch ist mir Befehl!« Er drückte den Liftknopf und die Tür glitt auf.

»Schon besser«, meinte Vanessa und beide stiegen ein. Als die Lifttür wieder geschlossen war, passierte es. Wer von beiden der Schnellere dabei gewesen war, war nicht mehr zu unterscheiden. Vanessa jedenfalls hatte den Nothaltknopf zuerst betätigt und dann lagen beide sich in den Armen und küssten sich lang und leidenschaftlich.

»Wir sollten jetzt wirklich auch in mein Zimmer gehen«, schlug Felix vor, als er wieder atmen konnte – und so taten sie es auch. Zum Durchsprechen des Besuchstourplans kamen sie in dieser Nacht nicht mehr. Sie hatten Besseres zu tun. Selbst das etwas vegan-spartanische Hotelbett konnte beide nicht daran hindern, dieses trotzdem auszuprobieren.

»Ich weiß auch nicht – schon als du das erste Mal bei mir im Büro auftauchtest, war es um mich geschehen. So plötzlich habe ich mich bisher noch nie verknallt wie in dich, Felix«, gestand sie. »Mir ging es nicht anders, dabei habe ich eigentlich noch eine Freundin – meine Redaktionsassistentin im Verlag. Sie ist sehr nett, aber so richtig Liebe ist es wohl doch nicht …«, erzählte er etwas achselzuckend. »Und nun? Wie machen wir offiziell weiter? Es war schließlich sehr schön!«

»Ich werde dich jetzt gleich erstmal verlassen und mich an der Rezeption vorbei offen davon machen. Hilde Schorrle dort hat schon vorhin so eigenartig geguckt. Die hat was gemerkt!« wusste Vanessa. »Wenn die erst einmal etwas über uns weiter verbreitet – ›diskret‹ natürlich, denn sie betont ja immer, sie sei so diskret – dann ist etwas faul im Staate Vegania. Das gibt noch mehr Aufruhr! An Rudi Kahl oder auch an meinen Vater gar nicht zu denken!«

»Dann werde ich des Landes verwiesen – oder lande wegen Verführung von Staatseigentum im veganen Knast!« spottete Felix grinsend. – »Okay, Vanessa«, nickte er. »Halten wir es erstmal unter der Decke, dass wir unter einer Bettdecke stecken – bis nach unserer Rundreise.«

»Ja, aber längstens! Danach ist es mir egal, nur damit wir

deine Artikelserie über Vegania noch ordentlich und un-gehindert über die Bühne bringen!« erklärte sie.

»Ja, ja, das mit unserer Liebe könnte echt zu einem staatspolitischen Skandal-Beben in Vegania ausarten. Wir werden aufpassen müssen! Außerdem – hier in Vegania lebt auch noch eine Verflossene von mir, eine Exfreundin namens Gerrit Lohse, die mit dem Lokalpolitiker Igor Waldschütz unglücklich verheiratet ist«.

»Die kenne ich vom Sehen. Igor Waldschütz ist auch der Chef der zwei Vegania Baumärkte hier. Das ist ein ziemlich rüder Typ!« meinte sie.

»Ja, und diese hat mich vorhin hier im Hotelzimmer an-gerufen, weil sie erfahren hat, dass ich hier bin. Sie will von ihrem despotischen Mann unbedingt wieder weg! Sie hat Angst vor ihm und will am liebsten zu mir zurück! Ich habe sie erst einmal abgewimmelt, aber ein Vegania Baumarkt steht auch noch auf unserer Besuchsliste. Da könnte sie plötzlich auftauchen«.

»Ja, Igor Waldschütz sollte die Führung machen. Er ist je-doch Veganistaner und in der PicaVega-Partei«.

»Aber wenn sie vor ihm Angst hat, wird sie nicht bei dieser Führung versuchen, Kontakt zu mir aufzunehmen. Doch wenn sie irgendwo auf unserer Tour auftaucht und Kontakt zu mir sucht, könnte es schwierig werden.«

»Schwierigkeiten sind die Herausforderungen des Lebens«, lächelte Vanessa wieder. »Aber danke, dass du mich auch über deine Ex- und Bald-Ex-Frauen aufgeklärt hast!«

»Ja, ich hasse nämlich Unklarheiten, die sich zu größeren Problemen auswachsen könnten«, entgegnete Felix grinsend.

***

Am nächsten Morgen, am Dienstag pünktlich um 8.00 Uhr, kam Vanessa Kreuter wieder ins Hotel, um mit Felix Kreuter ein veganes Frühstück vom Hotel-Buffett einzunehmen – ohne Milch, Eier, Joghurt, Käse, Wurst usw., nur glutenfreies Dinkelvollkornbrot, Tomaten, Radieschen, Johannisbeer-Konfitüre und Apfelsaft.

»Hoffentlich liefert mir das genug Energie über den anstrengenden Tag«, war Felix' Kommentar dazu. »Es schmeckt zwar, aber ich brauche sonst morgens auch schon etwas, das Kraft gibt«.

»Nehmen Sie noch ein Tofu und Sojamilch, das hilft!« schlug ihm die Frühstücks-Kellnerin vor und er nahm das Angebot an.

Dann sprachen Vanessa und Felix erst einmal kurz die heutige Besuchstour durch. Diese sollte sie zu einem VegaNow Supermarkt, einem ModaVega-Laden, einer Veganol Tankstelle und dem Vegana Baumarkt führen.

»Unser Elektroauto – ein Nissan Leaf von der Staatsfahrbereitschaft – wartet draußen auf uns – mit einem von Roger Scharff gestellten zivilen Vegapol-Fahrer. Ronny Baum-Wohlfahrt ist sein Name«, klärte ihn Vanessa auf.

»Er ist also gleichzeitig unser Begleiter und Überwacher, wenn ich das richtig sehe«, stellte Felix fest und griente. »Hoffentlich macht er seinem Namen Ehre und fährt uns wohl und nicht an den Baum«.

Vanessa lachte: »Das siehst du leider zwar richtig. Aber wenn wir unsere Zuneigung zueinander zu sehr erkennen lassen, fährt er uns wohl eher in die Parade. Der eifersüchtige Roger hat ihn sicher beauftragt, höllisch auf unser Verhältnis aufzupassen und ein scharfes Auge darauf zu halten!«

»Scharff mit Doppel-F. Das kann ja heiter werden«, schloss Felix daraus. »Kennst du den gut?«

»Ja, und deshalb schlage ich vor, dass wir uns in seiner Gegenwart öfter mal scheinbar streiten und Unfreundlichkeiten an den Kopf werfen. Umso eher lässt er uns in Ruhe, wenn wir alleine sein wollen«.

»Raffiniert!« grinste Felix. »Sich Veganismus-bezogene Streitgespräche zum Spaß zu liefern könnte mir wirklich Spaß machen!«

»Okay, dann halten wir das so – und auch sonst im Umgang miteinander vor seinen Augen«, erklärte sie lächelnd und dann machten sich beide startfertig.

Als sie mit ihren kleinen Rollkoffern draußen am Hotelparkplatz ankamen, lehnte der Fahrer Baum-Wohlfahrt schon an der Beifahrertür des hellgrün-dunkelgrünen Nissan Leaf.

»HeVegan, Vanessa – HeVegan Herr Krittin!« begrüßte er sie scheinbar freundlich, wobei er Felix allerdings mit scharfen Augen einschätzte – und dann ihr kleines Gepäck in den Kofferraum lud.

»Na, dann fahren wir wohl jetzt zuerst zu einem Ihrer VegaNow Super-Supermärkte?« fragte Felix die Pressereferentin in spöttisch herausforderndem Ton.

»Richtig, Herr Redakteur«, sie maß ihn mit abschätzigem Blick von oben bis unten. »Wenn Sie das super-super finden, dann sollten Sie sich vor Ort auch so super-super verhalten!«

»Das kann ich noch nicht super-sicher versprechen!« entgegneter er. »Schließlich bin ich doch als kritischer Enthüllungsjournalist bei Ihnen verschrien«.

»Beweisen Sie das Gegenteil, dann wird man Ihnen eventuell auch mehr Einblick gewähren!« riet sie ihm schnippisch.

»Das Gegenteil? Also mehr so in Richtung Jubel-Report und nicht veganisch-depressiv?«

»Ihre Spötterei wird Ihnen schon noch abhanden kommen!« versprach ihm Vanessa. »Worauf Sie Gift nehmen können!« ergänzte Ronny Baum-Wohlfahrt noch.

»Soll ich das als Tipp oder Empfehlung verstehen?« fragte Felix zurück. »Und woher bekomme ich das Gift?«

»Von uns bestimmt nicht, das müssen Sie schon selber besorgen!« erwiderte Vanessa. »Dabei bin ich Ihnen gerne behilflich!« ergänzte Baum-Wohlfahrt anzüglich.

Und dann stiegen sie ins Auto. Da hatten sie sich ja beim Baum-Wohlfahrt schon einen atmosphärisch schönen Einstand geliefert. Ein Verdacht auf eine Liebes-Verschwörung sollte somit wohl erst einmal gar nicht aufkommen.

»Vor unserem vor Ort bestellten Foto- & Videoreporter sollten Sie sich bei den Aufnahmen aber etwas zivilisierter verhalten!« empfahl ihm Vanessa.

»Ich dachte, wenn ich vegan gewaschen, vegan rasiert und vegan frisiert erscheine, würde ich genügend zivilisiert wirken«, murmelte Felix.

***

Es dauerte nicht lange, dann erreichten sie im gleichen Ort Veganathal den Parkplatz des VegaNow Supermarktes. Auf diesem parkten nicht nur einige Elektro- und Hybrid-Fahrzeuge, sondern vor allem Fahrräder, E-Roller und E-Bikes, z.T. mit Anhängern. Auch der von Vanessa beauftragte Foto- & Videoreporter wartete schon.

Als sie gemeinsam den etwa 1000qm großen VegaNow betraten, fielen Felix auch einige Kundinnen und Kunden auf, die z.T. fast uniformartig gleich gekleidet waren: Sweatshirts und T-Shirts sowie Jeans und Freizeitschuhe in unscheinbar gedeckten Farbtönen, die laut Vanessa aus veganer Produktion der ModaVega GmbH stammten, die in den gleichnamigen Läden angeboten wurden. Einige der Kunden beäugten ihre Gruppe mit heimlicher Neugierde. Gleich neben dem Abstellbereich für die Einkaufswagen klärte ein großes Schild den Besucher auf, was es hier alles **nicht** gab: Alles, was nicht 100%ig nachvollziehbar vegan vorerzeugt, hergestellt, verabeitet, verpackt, transportiert und beworben wird. Immerhin blieb wohl noch genug übrig, um den nicht kleinen, aber spartanisch mit veganen und knochenleimfreien Verkaufsmöbeln ausgestatteten Verkaufsraum und seine Regale füllen zu können.

»Bei der bisher vegan genannten Landwirtschaft wird aber z.B. die Tatsache unterschlagen, dass sowohl beim Säen, Pflügen und Ernten die immer im Boden vorhandenen Kleinstlebewesen dennoch zum großen Teil getötet werden, weil das unvermeidbar bleibt«, bemerkte Felix Krittin. »Auch die Monokultur-Rapsfelder für die vegane Biogasherstellung verdrängen ganze Tierarten ….«

»Ja, und neu durch Insekten oder andere Tiere eroberte Lebenräume entfallen gänzlich für die landwirtschaftliche Nutzung«, bestätigte Vanessa. »Aber die umkommenden Kleinstlebewesen werden von unseren strikten Veganisten bisher noch als hinnehmbares Übel von minderer Bedeutung in Kauf genommen. Die setzen solche in ihren Augen niederen Lebewesen mit den Pflanzen gleich. Da sieht man z.b., dass 100%iger Veganismus bisher in Wirklichkeit noch Utopie ist. Es kommen ja auch noch Vögel durch Windgeneratorenflügel und Fische durch Wasserwerks-Turbinen um. Jungvögel und Kleinvögel werden u.a. von Großvögeln und kleine Fische von großen Fischen gefressen«:

Inzwischen tauchten auch der Marktleiter und der VegaNow-Geschäftsführer auf, die Vanessa schon vorher dazugebeten hatte, und begrüßten die aus Vanessa, Felix, Bildreporter und Baum-Wohlfahrt bestehende Gruppe.
»Viele Außenstehende glauben oft, dass die VegaNow Märkte vom Angebot her so etwas Ähnliches wie Ihre Bio-Märkte Alnatura usw. seien«, erklärte Dirk-Hans Gsunder, der Geschäftsführer. »Aber weit gefehlt – diese Bio-Märkte bieten zwar angeblich biologisch erzeugte Ware an, aber vieles – nahezu 50% – davon ist weder vegan und manche noch nicht einmal biologisch erzeugt oder gar vegan verpackt!
Im VegaNow dagegen ist alles ausschließlich vegan – auch die Packungen, deren Bedruckung, der Transport im Lager – auch unsere Gabelstapler fahren durchweg elektrisch – die Anlieferung mit Elektrofahrzeugen, einfach alles absolut tierleidfrei!«
»Kommen hier auch keine Mäuse rein, die Verschiedenes anfressen?« fragte Felix. »Und wenn Ihre Katzen Mäuse fangen und diese verputzen – inwieweit ist das tierleidfrei?«
»So kann natürlich auch nur ein absoluter veganischer Laie fragen«, meinte Gsunder in tadelndem Ton. »Natürlich müssen wir erst einmal dafür sorgen, dass wir Menschen

alles tun, um tierleidfrei zu leben. Erst danach kommt die konsequente Umerziehung der Tiere auf tierleidfreie Ernährung dran. Immerhin gibt es ja bei uns schon nur noch veganes Katzen-, Hunde- und Vogelfutter!«

»Ausschließlich?«

»Ja, natürlich. Fleisch-, Fisch- oder tierfetthaltiges Tierfutter gibt es bei uns nicht. Alles sind auf Gemüse-, Soja-, Nussfett-Basis oder anderen veganen Komponenten beruhende Tierspeisen. Auch unsere Haustiere sollen soweit wie irgend möglich vegan ernährt werden«, erläuterte der Marktleiter mit Nachdruck.

Felix Krittin stellte aus den Augenwinkeln beobachtet fest, dass der Vegapol-Mann Baum-Wohlfahrt ihn persönlich mit seinem Smartphone immer dann filmte, wenn er gerade zum Sprechen ansetzte.

»Aber Katzen als Freigänger fressen doch auch gefangene Mäuse!« warf Krittin ein.

»Ja, leider. Aber dies ist eben der spätere zweite Schritt: die Umerziehung der Tiere auf die Akzeptanz von rein veganem Futter«, erwiderte Dirk-Hans Gsunder im Brustton der Überzeugung. »Katzen, die wir beim Mäusefangen erwischen, werden eingefangen und kommen jetzt schon ins VegaLab zur Umerziehung. Hunde und Katzen, die unvegan leben, treiben außerdem die CO_2-Werte in die Höhe! Das heißt, über ihren Fleisch- und Fischkonsum verursachen sie einen hohen jährlichen Treibhausgas-Ausstoß. In den USA hat man z.B. errechnet, dass dieser die Klimawirkung von 64 Mio t CO_2 jährlich und damit der von 14 Mio Autos mit Verbrennungsmotoren entspricht!. Da ist es nur folgerichtig, dass wir diese Tiere auf vegane Ernährungsweise umerziehen! Das bedeutet, dass den umzuerziehenden Katzen z.B. solange kein Freigang erlaubt wird, bis sie vollkommen an veganes Futter gewöhnt sind und anderes sogar ablehnen – und natürlich auch keine Motivation aufs Jagen von Mäusen oder Vögeln mehr verspüren dürfen!«

»Haben Sie schon mal was von Tierleid gehört?« entfuhr es Felix unwillkürlich und er fragte ungläubig: »Und sowas, meinen Sie tatsächlich, soll gehen? Wie denn?«

»In unserem VegaLab gibt es seit neuestem eine Tierverhaltensforschungs- und eine Tierumerziehungsgruppe, die das in ersten Pilotprojekten – z.T. auch in unserem Veganimal-Tierpark – erproben! Sie werden es ja sehen, wenn Sie auch dorthin kommen!« meinte Gsunder mitleidig.

»Dort im VegaLab werden ja auch alle veganen Nahrungsmittel für Mensch und Tier analysiert, entwickelt, erprobt oder kontrolliert, ehe sie freigegeben werden«, ergänzte Vanessa. »Das gilt aber auch für alle Produkte, die in Vegania produziert, eingeführt, angeboten und verkauft werden.«

»Also auch für alle unsere Non-Food-Artikel, von denen wir hier eine große Anzahl bieten«, fügte Gsunder hinzu. »Diese dürfen z.B. keine nicht-veganen Kunststoffbestandteile enthalten und Kosmetika dürfen auch nicht auf der Basis von Tierversuchen entwickelt sein.«

»Aber bezahlen mit Euro kann man?«

»Ja, zwar sind wir noch nicht ganz sicher, ob die Euro-Papiernoten unvegane Komponenten enthalten, weil die Notenbanken hierfür Rezepturen verwenden, die geheim bleiben müssen, um Fälschungen zu erschweren. Deshalb müssen wir sie zunächst akzeptieren – und die Münzen ja sowieso. Aber bei den Kreditkarten-Anbietern haben wir z.T. unvegane Kunststoffbestandteile gefunden und deshalb akzeptieren wir nur unsere eigenen inländischen VeganCard-Kreditkarten. Ausländische Besucher müssen also entweder in bar bezahlen oder unsere VeganCard erwerben!«

Die Besuchergruppe war inzwischen an den Tiefkühlregalen angekommen.

»Was wir übrigens auch nicht akzeptieren, sind vegane Nachbildungen von unveganen Fleischspeisen, die dann auch noch solche Endungen wie -klöpse, -steak, -schnitzel, -frikadelle oder -würstchen in der Bezeichnung enthalten«, erklärte der Marktleiter weiter. »Das sind unehrliche Namensgebungen, die dem Anfänger immer noch nostalgische Erinnerungen an unethische, unvegane Ernährungsweisen vorgaukeln, anstatt diese auch in der Wortbezeichnung auszumerzen.

Das ist für uns konsequente Veganer unwürdig, ja sogar ein Gräuel und daher inakzeptabel. Flexitarier, die Fleisch- und Käse-Imitate konsumieren, sollen dem Staate Vegania fernbleiben!«

»Und wie sieht es mit aus dem Ausland importierten Waren aus – z.B. aus den USA oder aus Asien?« wollte der Journalist wissen.

»Aus den europäischen Ländern, aber auch aus den USA, aus Kanada, Brasilien oder aus China, Japan, Südkorea und Australien, Neuseeland gibt es schon vegane Importprodukte, die entweder mit dem vom Vegetarierbund Deutschland VEBU bzw. ProVeg vergebenen V-Label vegan ausgezeichnet oder – wie z.B. Weine oder Biere – in veganen

Verbandslisten als vegan aufgeführt sind. Doch wir erkennen diese Listen nur als ›Erste Kontrollstufe‹ an – außer bei den mit dem internationalen V-Label in der Vegan-Version, nicht in der Vegetarier-Version, versehenen Produkten. Die anderen Produkte veganer Herkunft ohne V-Label werden bei uns in einer zweiten eigenen Analysestufe vom Vega-Lab noch einmal überprüft, bevor wir sie zulassen und mit unserem eigenen VV-Label auszeichnen. Mit diesem sind auch unsere zahlreichen Eigenprodukte versehen. VV heißt hierbei: Vegan aus Vegania!«

»Da könnte ich mir aber vorstellen, dass trotzdem heimlich sogenannte unvegane Speisen und Produkte ins Land geschmuggelt werden«, warf Krittin ein. »Denn ich bezweifle, dass immer alle Bewohner von Vegania wirklich so konsequent denken und handeln, wie es das Vegane Grundgesetz Veganias VGV verlangt – oder?«

»Ja, das kommt leider immer mal wieder vor, weil nicht alle Veganier so charakterfest bleiben und sich auch von außenstehenden Nicht-Veganern öfter verführen lassen. Aber darauf stehen bei uns natürlich hohe Strafen – und dafür haben wir ja unsere entsprechend hart durchgreifende Vegapol!« erklärte Gsunder.

»Ja, Ihre Grenzen um den Staat sind ja bisher auch nicht durchgängig gesichert und undurchlässig. Da können Sie diese doch gar nicht so dicht kontrollieren!«

»Richtig«, bestätigte Gsunder nickend. »Aber dafür macht unsere Vegapol immer wieder unangemeldete Stichproben und bei geringstem Verdacht auch Hausdurchsuchungen sowohl in Wirtschafts- als auch in Privatgebäuden. Oder in Kraftfahrzeugen.«

Der Vegapol-Agent Baum-Wohlfahrt fügte hinzu: »Und

wehe, es werden bei jemandem unvegane Lebensmittel oder andere Produkte gefunden, dann gibt es saftige Bußgelder bis zu 10.000,– € für Privatpersonen und bis zu 100.000,– € für Firmen, Vereine oder andere Organisationen. Bei höheren Verstößen auch Haftstrafen!«

»Ein Gefängnis haben Sie also auch?« fragte Krittin leicht erstaunt.

»Natürlich! Wie jeder souveräne Staat haben wir eine Strafvollzugsanstalt!« entgegnete der Vegapol-Mann fast entrüstet. »Wir nennen sie allerdings Veganjuristische Besserungshaft-Anstalt oder abgekürzt VJBA Veganast. Und sie ist in unserem Gerichtsgebäudeteil der Staatsveganei untergebracht.«

»Na, dann müssen wir wohl hier sehr auf der Hut in Ihrem Staate sein«, war Felix Krittins lakonischer Kommentar.

»Schon. Aber wir sollten zurückkehren zu unserem eigentlichen Thema Veganer Supermarkt«, schlug Vanessa nun vor.

»Okay«, lenkte der VegaNow-Geschäftsführer ein und schritt mit der Gruppe weiter zu den Tiefkühlschränken und der Obst & Gemüse-Frischwarenabteilung.

»Unsere nicht nur biologisch, sondern eben auch strikt vegan ohne jegliche tierische Dünger – wie Gülle oder Guano – erzeugten Obst- & Gemüsearten müssen stets gut gekühlt sein, da sie zudem ohne jegliche Konservierungsmittel angeboten werden«, erklärte der Marktleiter.

»Gut. Sie meinen zwar, alles ohne Tierleid zu erzeugen«, nickte Krittin lächelnd. »Aber wie steht es mit dem Pflanzenleid? Auch Pflanzen sind leidensfähige Lebewesen. Wer lebendige Karotten nackt ins kochende Wasser wirft, ist ethisch auch nicht viel besser als ein Fleischverzehrer.

Wie wir aus anderen wissenschaftlichen Studien wissen, haben auch Pflanzen Gefühle. Sie ängstigen sich sogar, verspeist zu werden, wenn sie mitbekommen, dass andere Pflanzen oder Früchte in ihrer Gegenwart zerschnitten und gegessen werden. Eine US-Forschungsgruppe der University of Missouri hat dazu eine Studie mit erstaunlichen Ergebnissen in der deutschen Huffington Post-Ausgabe veröffentlicht.

Demnach können Pflanzen ziemlich sicher hören, wenn andere von ihnen gefressen werden. Die Forscher testeten sie, indem sie in deren Nähe Raupen an Blättern nagen ließen. Durch die Vibration der Kaugeräusche der Raupen änderten die Pflanzen tatsächlich ihren Stoffwechsel. Sie produzierten demnach chemische Verbindungen, die die Fressattacke abwehren sollten, indem sie plötzlich unangenehm zu schmecken schienen.

Aber auch die inzwischen bekannte Kirlian-Fotografie der die Blätter umgebenden Energie-Aura zeigte in anderen Untersuchungen sofort Veränderungen, wenn die Pflanzen unter Stress gerieten. Wie gehen Sie als Veganer damit um?« wollte der Journalist wissen und beobachtete, wie Vegapol-Mann Baum-Wohlfahrt ihn dabei mit kritisch steilen Falten auf der Stirn videofilmte.

»Da rühren Sie ein Thema an, das können Sie ja meinetwegen bei Ihrem späteren Besuch bei den Roganeckern ansprechen«, erwiderte der VegaNow-Geschäftsführer Gsunder abwinkend. »Bei denen gibt es die Fruganer, die nur Früchte und Samen und keine Pflanzen selbst essen. Wir hier sind Veganer, die sich aufs Tierleid konzentrieren und damit haben wir schon vorerst genug zu tun! Tiere sind außerdem höhere Lebewesen als Pflanzen, die unserer

Ansicht nach ein weit weniger leidempfindliches niederes Bewusstsein besitzen – wenn überhaupt. Dazu müsste man auch schon eigene Untersuchungen entwickeln und sich nicht auf irgendwelche fremden, womöglich polemisch verfälschten Studien verlassen, noch dazu welche aus den USA, wo alles möglich ist. So, und damit ist für uns das Thema abgehakt!« Gsunder wurde sogar fast ärgerlich.

»Sie haben hier nun das Wichtigste gesehen«, stellte er fest. »Wenn Sie keine sonstigen, aber bitte beim Thema Vegan bleibenden Fragen haben, möchten wir hiermit Ihren Besuch abschließen!«

»Du solltest das Interview nun nicht wegen ein paar nicht ganz unberechtigten Nebenfragen so einfach abwürgen!« tadelte Vanessa Kreuter sein Verhalten. »Ab wann Herr Krittin keine Fragen mehr hat, das sollten wir ihn doch wohl selbst entscheiden lassen – schon aus Höflichkeit!«

»Schön, schön, aber mit Höflichkeit haben wir diesen wundervollen Staat nicht aufgebaut, sondern mit strikter Konsequenz!«

»Behalten Sie Ihre Höflichkeit«, entgegnete Felix Krittin nun. »Die Fragen, die für mich hier noch offen bleiben, bekomme ich bestimmt an anderer Stelle auch noch befriedigender beantwortet. Ihre Meinung steht fest und ich will Sie nicht mit Tatsachen verwirren. Vielen Dank für das so aufschlussreiche Gespräch!« meinte er süffisant und grinste Dirk-Hans Gsunder an – und man verabschiedete sich mit gezwungener Freundlichkeit voneinander.

***

Als nächste Besuchsziele steuerte die Gruppe dann je einen ModaVega Bekleidungsmarkt und Modagan-Schuhhaus an, die direkt nebeneinander lagen. Hier zeigte die für beide Läden zuständige Geschäftsführerin Uxi Farnwedel in sogar fast reibungslosen Gesprächen ihre veganen Sortimente, bei denen natürlich weder Leder noch Wolle, Seide oder Tierleim oder Tierfellfasern verarbeitet wurden.

»Auch die Begriffe Kunstleder, Kunstseide, Kunstwolle oder Kunstfell vermeiden wir, weil tierleidassoziierende Begriffe wie Leder, Seide, Wolle oder Fell unvegan sind und auch bei unseren verwendeten veganon genannten Kunstfasern keinerlei Tierderivate enthalten sind,« erläuterte Uxi Farnwedel.

Aufgefallen war Krittin allerdings, dass die verwendeten tierleidfreien Modefarben allesamt sehr fade, unscheinbare Mausgrau-, Sandbeige- und stumpfe Grüntöne waren, wie er auch schon bei der von den Supermarkt-Kunden getragenen Kleidung konstatiert hatte.
Bis auf wenige, allerdings teurere Kleidungsstücke hatten die meisten preiswerteren Moden außerdem soviel Chic wie formlose, etwas geglättete Jutesäcke.

»Hergestellt sind unsere Textilien und Schuhe z.T. bereits in Veganias ModaVega-Manufaktur oder in ausländischen Vertragsfirmen mit strengen Produktionsauflagen,« betonte Uxi Farnwedel selbstbewusst.
»Ihre Preise sind wohl weitgehend tierleidfrei«, meinte Krittin lakonisch. »Aber kundenleidfrei sind sie schon

weniger, jedenfalls jene, die vom Schnitt, Design und den Farben her etwas mehr Chic besitzen.«

»Nun, z.B. Vanessas Hosenanzug zählt sozusagen zu unseren extravaganten Stücken«, erklärte die Farnwedel. »Diese sind relativ teuer, weil sie aufwändiger und trotzdem vegan aus neuentwickelten Faserstoffen hergestellt sind und Extra-Designer dafür eingesetzt werden.«

»Gibt es in Vegania auch Modenschauen?« wollte Krittin wissen.

»Ja, zweimal im Jahr im VeganTime One – einmal für die Frühjahr-Sommer-Vegankollektion und einmal für die Herbst-Winter-Vegankollektion – und eines unserer weiblichen Vegan-Models ist Vanessa!« antwortete sie mit einem bewundernden Seitenblick auf die Pressechefin.

***

Etwa zur gleichen Zeit wie der ihres Besuches im ModaVega Markt bahnte sich an anderer Stelle im Kleinstaat eine intrigante Antistrategie gegen den Journalisten und Vanessa Kreuter an.

Denn in der Zwischenzeit hatte es in der Psyche des Vegapol-Chefs Roger Scharff doch ziemlich rumort. Er glaubte nämlich ganz deutlich mitbekommen zu haben, dass seine von ihm als sein Liebesobjekt auserkorene Vanessa Kreuter mehr als Sympathien für diesen undurchsichtigen Auslandspresseheini Felix Krittin entwickelte.

Dieser unvegane Schreiberling schien auch noch darauf einzugehen und eine Beziehung mit ihr anfangen zu wollen. Dem musste natürlich mit allen Mitteln ein Riegel vorgeschoben werden.

Eine wirkungsvolle Lösung des Problems musste her – und da fiel ihm ein: Eine andere Frau und zwar eine ebenfalls attraktive Veganerin musste einen scharfen Keil zwischen Vanessa und diesem Krittin treiben! Es fiel ihm auch schon eine geeignete ein, die politisch und emotional klar auf seiner Seite stand und ihm raffiniert und kaltblütig genug für diese ehrenvolle Einsatzaufgabe zu sein schien: seine Cousine Dunja Commanea !

Diese war ebenso eine attraktive Brünette, die ihm schon mehrmals einige Dienste als sexuell verführerische Agentin geleistet hatte. Zum Beispiel, wenn es um die Ausbootung von gefährlich werdenden politischen Rivalen gegangen war. Sie arbeitete einerseits als stellvertretende Geschäftsführerin des Modagan-Schuhauses und andererseits als seine verdeckte Ermittlerin für die Vegapol. Deshalb hatte Roger Scharff sie schon in sein Büro zitiert, bevor Vanessa Kreuter und Felix Krittin sich auf die Fahrt zur Besichtigung des ModaVega Bekleidungshauses und des Modagan-Schuhmarktes gemacht hatten.

»Dunja, ich habe einen interessanten Auftrag für dich, bei dem du zeigen kannst, was du als Sexappeal-Lockvogel drauf hast!« eröffnete er ihr und erklärte ihr die Hintergründe für ihre Aufgabe.
»Wenn du diesen Job gut und zu meiner vollsten Zufriedenheit erledigst, sollst du meine Chefagentin und zweite Stellvertreterin werden – mit mehr Macht in unserem Überwachungsgremium. Wie du vorgehst, das überlasse ich dir und deiner Raffinesse. Vanessa und dieser Krittin – hier hast du übrigens ein aktuelles Smartphone-Foto von

ihm – werden von Uxi Farnwedel als Geschäftsfürerin von ModaVega und Modagan empfangen und durch die Märkte geführt. Du bleibst außen vor und nimmst irgendwie beim Verlassen des Modagan ganz zufällig Kontakt zu Krittin auf – und alles Weitere ist dann deine Sache! Okay?«

»Klar, Roger, ist kein Problem für mich. Ich werde dich nicht enttäuschen«, bestätigte die dunkelhaarige, aber etwas herbe Schönheit südländischen Aussehens selbstbewusst und grinste: »Solche Aufträge machen mir Spaß!«
»Das ist nicht wirklich Spaß, Dunja – mir ist die Sache äußerst ernst und von höchster staatspolitischer Wichtigkeit! Sei dir immer klar darüber. Haben wir uns verstanden?«
»Sicher, klar, Chef. Keine Sache«, nickte Dunja Commanea. »Aber dann will ich hinterher den Job nicht als deine zweite, sondern als deine Erste Stellvertreterin!«
»Mach erst deinen Job gut, dann können wir darüber reden!«

Als Vanessa mit Felix Krittin und ihrem Vegapol-Schatten Baum-Wohlfahrt mit ihrem Besuch im Modagan-Schuhmarkt fertig waren und sich anschickten, den Laden wieder durch die automatische Glasschiebetür zu verlassen, kam ihnen eine attraktiv aussehende brünette Frau von draußen um die Ecke entgegen. Sie wollte wohl den Schuhmarkt betreten, bekam aber vor dem unvermittelt dicht vor ihr auftauchenden Felix Krittin scheinbar einen gehörigen Schreck, stolperte dabei über dessen Fuß und schlug neben ihm lang hin.
»Au, mein Knie!« schrie sie auf und konnte anscheinend nicht mehr richtig aufstehen. Krittin entschuldigte sich ver-

dutzt bei ihr und half ihr zugreifend wieder auf die Füße, bevor noch der Vegapol-Mann dazu kam.

»Das tut mir aufrichtig leid, aber Sie sind so unvermittelt um die Ecke gekommen, dass ich selbst einen Schreck bekam!« meinte er. »Geht's? Geht's wieder? Na, dann geht's ja.«

»Ja, Sie können ja so richtig auch nichts dafür«, gab die nette Brünette mit schmerzverzerrter Miene zu und hinkte sofort beim Auftreten und knickte wieder ein. »Au, mein Knöchel scheint auch verstaucht zu sein. Ich muss mich selbst entschuldigen, ich war etwas in Gedanken und in Eile, wieder an meinen Arbeitsplatz zu kommen.«

»Das tut mir leid, aber das war auch wirklich Pech, Dunja«, schaltete Vanessa sich nun ein und wandte sich an Felix Krittin. »Darf ich bekannt machen? Sie haben eben Dunja Commanea, die stellvertretende Geschäftsführerin hier im Schuhmarkt, umgerannt!«

»Oh, das tut mir nun nochmals leid!« meinte Felix entschuldigend. »Gestatten, ich bin Felix Krittin, Fachredakteur und stellvertetender Chefredakteur des MyLife aktuell Magazins. Wir hatten gerade Ihren Markt besucht und Ihre Chefin Uxi Farnwedel interviewt. Kann ich irgendetwas für Sie tun? Sie können ja wohl kaum noch laufen – oder?«

Inzwischen hatte auch ihre Chefin Farnwedel von drinnen her etwas von dem Geschehen mitbekommen und war nach draußen zu der Gruppe gestoßen. »Hallo, Dunja – du hast Dir beim Hinfallen wehgetan?«

»Ja, tut mir leid, aber jetzt kann ich gar nicht so weiterarbeiten – ich glaube, ich muss erst zum Curator«, bestätigte Dunja nickend mit schmerzverzerrtem Gesicht.

»Klar, gehst du zum VeganCurator«, meinte die Geschäftsführerin. »Er ist doch hier gleich um die Ecke – der Dr. Warner. Musst du gefahren werden?«

»Wenn mir Herr Krittin hilft und mich stützt, geht es auch zu Fuß das kurze Stück, danke. Ist das in Ordnung, Vanessa, oder kannst du Herrn Krittin noch nicht entbehren?«

Vanessa zuckte die Schultern. »Eigentlich wollten wir heute noch eine weitere Besichtigung machen, aber dann müssen wir das eben morgen nachholen. Herr Krittin sollte sich vielleicht jetzt erstmal um darum kümmern, dass du richtig versorgt wirst. Einverstanden – Herr Krittin?«

»Ja, klar, irgendwie fühle ich mich ja doch für Ihren Sturz verantwortlich, Frau Commanea. Ohne mich wäre es ja nicht dazu gekommen!«

»Das meine ich allerdings auch, Herr Journalist«, schaltete sich auch noch der Vegapol-Mann Baum-Wohlfahrt mit ein. »Nach meiner Beobachtung sind Sie sogar allein voll verantwortlich für die Verletzung von Frau Commanea! Da hat sie schließlich auch noch Anspruch auf Schadenersatz und Schmerzensgeld! Als polizeilicher Zeuge werde ich das selbstverständlich auch gerichtswirksam bestätigen!«

»Na, jetzt gehen Sie aber zu weit!« protestierte Krittin. »Eine eindeutige Schuldfrage ist hierbei wohl keinesfalls erkennbar. Ich helfe Frau Commanea zwar gerne weiter, weil ich mich als unverletzter Beteiligter moralisch mitverantwortlich fühle zu helfen – mehr aber nicht!«

»Das kann ich so voll nachvollziehen, Ronny!« unterstützte ihn Vanessa. »Aber einseitig und schon gar nicht eindeutig Herrn Krittin die Schuld zuzuschieben, nein – dagegen würde meine Zeugenaussage klar dagegen stehen!«

»Warum ergreifst du einseitig Partei für den Journalisten,

Vanessa?« begehrte Baum-Wohlfahrt auf. »Damit beweist du mir einmal mehr, dass du im Verdacht stehst, mit Herrn Krittin heimlich zu kungeln!«

»Na, jetzt erlaube aber mal …!« erregte sich Vanessa allmählich.

»Okay, okay«, nickte Dunja Commanea beschwichtigend und knickte beim nächsten Schritt jedoch erneut ein.

»Kümmern wir uns doch erst einmal um meine curatorische Versorgung, ehe wir uns hier zerfleischen. Und eine eindeutige Schuld will ich Herrn Krittin auch gar nicht zuschreiben.«

»Das ist Ihre Entscheidung – aber vielleicht brauchen Sie noch meine Zeugenaussage zur Durchsetzung Ihrer Rechte!« gab Baum-Wohlfahrt zu bedenken.

»Ja, nun macht endlich mal, dass du zum Curator kommst, Dunja«, drängte ihre Chefin Farnwedel. »Ich werde euch beim Dr. Warner telefonisch anmelden!«

»Gut, Herr Krittin, dann ist wohl unsere heutige Besuchstour erstmal beendet«, meinte Vanessa achselzuckend. »Ich hole Sie dann morgen früh im Hotel pünktlich um 9.00 Uhr wieder ab! Bis dahin alles Gute – auch Dir, Dunja!«

Die Gruppe löste sich auf, Felix ließ Dunja Commanea bei sich einhaken und führte sie die wenigen Hundert Meter zur VeganCurator-Praxis des Vegan-Naturmediziners Dr. Carl Warner. Dabei lief sie nach einigen Metern schon merklich besser und lächelte Felix sogar sonnig an.

***

Als sie vor dem Haus der Praxis von Dr. Warner ankamen, meinte Dunja Commanea lächelnd: »Eigentlich geht es mit dem Laufen schon wieder ganz gut …. Ich weiß gar nicht, ob es noch nötig ist, zum Curator reinzugehen … Sie könnten mich vielleicht besser lieber nach Hause bringen. Es ist auch nicht so weit von hier.«

Felix Krittin schüttelte skeptisch den Kopf: »Na, ich weiß nicht. Nachher kommen vielleicht noch schmerzliche Komplikationen nach. Da ist es mir lieber, Sie lassen Ihr Knie und Ihr Fußgelenk hier sicherheitshalber untersuchen – schon als Vorbeugung gegen eventuelle Spätschäden. Kommen Sie – ich führe Sie lieber hoch in die Praxis!«
»Na gut, gerne«, nickte sie. »Aber wenn die Praxis zu voll ist, kann ich ja morgen alleine hergehen.«
»Okay, versuchen wir's!« sagte Felix aufmunternd und betrat mit ihr das Haus. Das Wartezimmer der im ersten Stock gelegenen Praxis des ›Dr. nat. Carl Warner – Vegan-Curator lizensiert durch das VegaLab Vegania Gesundheitsamt‹ war fast leer. Dunja ging nur noch leicht hinkend auf die grün-weiß-gestreift gekleidete Sprechstunden-Assistentin an der Rezeption zu, während Felix Krittin im Wartezimmer Platz nahm und sich eine Ausgabe der Zeitschrift Vegan&Gesund Magazin zum Lesen nahm.

Dunja lachte die gestreifte Sprechstunden-Assistentin an: »HeVegan, Carola! Ich bin gerade eben hingefallen, habe aber wenig Zeit. Kann ich mal ganz kurz zwischendurch mein Knie und mein Fußgelenk vom Curator nachsehen lassen, ob nichts angebrochen ist?«
Carola begrüßte Dunja herzlich – hier kannte wohl jeder jeden gut: »HeVegan, Dunja! Deine Chefin hat auch schon angerufen. Ja, natürlich kannst du rein! Es wartet ja nur

noch ein Curatient vor Dir …. Hallo, Wulf!« wandte sie sich an den wartenden Patienten bzw. Curatienten, wie sie hier genannt wurden, und fragte den älteren Mann: »Ist dir doch recht, Wulf, wenn Dunja mit ihrem schmerzenden Bein mal schnell noch vor dir zum Dr. Warner rein kann – oder?«

Der ältere Curatient namens Wulf gab schulternzuckend und leicht gequält nach: »Na, ja, schön, wenn's der Geschmerzten so schneller hilft, von mir aus!«

In diesem Moment trat der Curator Dr. Warner selbst aus seinem Sprechzimmer, ein hochgewachsener, rotgesichtiger Fünfziger mit hochgewelltem weißgrauem Haarschopf in hellgrünem Kurzkittel.

»Hallo und HeVegan, Dunja! Welches Problem führt dich denn zu mir? Komm' rein!« forderte er sie auf.

»Kann mein Begleiter vielleicht mit reinkommen?« fragte sie. »Es ist ja nur mein Knie und mein Fuß. Er hat mich hergeführt und wird mich wieder von hier abführen!«

»Natürlich …«, meinte Dr. Warner gedehnt. »Wenn es dir lieber so ist, soll's mir recht sein …«

»Ja, darf ich bekannt machen? Das ist Herr Felix Krittin, der hier in Vegania einen Bericht über das Leben in unserem Staatswesen für das Berliner MyLife aktuell Magazin schreibt und sicher auch gern mal einen Blick in deine Vegan-Curator-Praxis werfen möchte!«

»Okay, angenehm und HeVegan, Herr Krittin!« nickte der Curator vorsichtig. »Na gut, wenn es Frau Commanea hier als Curatientin so recht ist – na, dann kommt mal beide rein!« meinte er und sie traten ein.

Dr. Warners Sprechzimmer, das an der Tür mit ›Consultations-Cabinett‹ bezeichnet war, sah überhaupt nicht aus wie ein typisches Arzt-Sprechzimmer. Eher wie ein fernöstlicher Meditationsraum. Keine steril weißen Schränke und Einrichtungen, sondern alles war in zart hellblauen und hellgrünen Tönen gehalten. Dazu gab es fernöstliche Figur-Skulpturen und verschiedenste Klangschalen und in den Glasschränken standen Faschen und Behältnisse in verschiedenen Farbschattierungen.

»Sind das alles vegane Arzneien?« fragte Felix.

»Ja, selbstverständlich!« nickte der Curator fast mitleidig lächelnd. »Aber nicht eigentlich Arzneien, sondern vor allem vegane Nahrungsergänzungen und Behandlungspräparate. Alles auf rein pflanzlicher Basis ohne unvegane Lösungs- und Bindemittel!«

Sogar die wenigen medizinischen veganen Diagnose- und Therapiegeräte waren zartgrün verkleidet. Dunja musste sich in einen hellblauen Behandlungssessel setzen und das lädierte Bein auf eine verstellbare Polsterauflage legen.

Dr. Warner fühlte ganz sanft ihr Knie, Schienbein und ihr Fußgelenk ab und bewegte ihre Gelenke ebenso vorsichtig. »Tut's hierbei weh?« – Dunja schüttelte den Kopf. »Inzwischen scheinbar nicht mehr – oder kaum.«

»Na gut«, sagte der Curator zufrieden. »Du hast noch mal Glück gehabt, da ist nichts angebrochen oder gar gebrochen. Nur eine leichte Schwellung am Knie, aber die ist harmlos. Ich gebe Dir eine vegane durchblutungsfördernde Creme auf Calendula-Basis mit, damit kannst Du es einreiben – dann sollte es höchstwahrscheinlich reichen!«

»Aber Herr Krittin sollte mich vielleicht besser noch stützen und führen«, meinte sie ziemlich bestimmt.

»Ja, das ist sicher gut, das sollte er ruhig«, stimmte Dr. Warner zu. »Soll ich dir ein E-Taxi rufen?«

»Nein, nein!« wehrte Dunja ab. »Das Stück schaffen wir gemeinsam auch so zu Fuß. Es ist ja nicht weit!« – »Gut, gut«, meinte der Curator. »Na dann guten Heimweg!«

Auf dem etwa 500 Meter langen Nachhauseweg zur Wohnung von Dunja Commanea stützte sich diese zwar immer noch sehr auf den Arm von Felix, obwohl sie eigentlich immer besser und schneller laufen konnte.

»Als ausländischer Journalist kommen Sie doch bisher aber kaum mal in eine private Wohnung in Vegania. Diese – und meine ganz besonders – sehen schon meist ziemlich anders aus als z.B. im deutschen Ausland bei Ihnen«, erklärte sie ihm. »Das sollten Sie schon noch als persönlichen Eindruck mitnehmen!« Und wieder lächelte sie ihn intensiv und etwas zu lange an.

»So, na ja, vielleicht ist das schon interessant für mich«, gab er zu und lächelte vage zurück.

Inzwischen waren sie vor dem Haus angekommen – einem zweigeschossigen weißen Klinkerbau mit Satteldach und großen grün-weiß längsgestreiften Balkonblenden.

»Ich bewohne eine für Veganias Verhältnisse relativ luxuriöse, aber vegan eingerichtete 4-Zimmer-Eigentumswohnung im Obergeschoss!«

In der großzügig geschnittenen Diele ihrer Wohnung angekommen, löste sie ihren unterhakenden Arm von ihm – und schien aber plötzlich etwas das Gleichgewicht zu verlieren. Deshalb packte sie ihn mit beiden Armen um die Hüften und zog sich an ihn heran.

»Oh!« hauchte sie. »Das wäre ja beinahe schief gegangen! Halten Sie mich besser ganz fest!«

»Okay, ich führe Sie jetzt lieber hier in Ihr Wohnzimmer, damit Sie sich erst einmal setzen können«, meinte Felix und griff ihr unter beide Arme.

Im großen Wohnzimmer gleich gegenüber der Tür stand auch schon eine lange grün-rosa-farbene L-förmige Couch. Dorthin führte er sie – und als er sie absetzen wollte, umschlang sie fest seinen Hals mit beiden Armen, zog ihn mit sich herunter und küsste ihn leidenschaftlich. Er konnte sich in diesem Moment kaum wehren und musste es geschehen lassen, denn sie fielen beide gleichzeitig auf die Couch.

»Ich habe mich auf den ersten Blick sofort wahnsinnig in dich verknallt, Felix«, stöhnte sie dann. »Ich kann einfach nicht anders, küss' mich noch mal, aber richtig!« Und wieder zog sie ihn mit ihrem ganzen Gewicht zu sich herunter. Felix versuchte, sich frei zu machen – und erst mit Verzögerung gelang ihm das endlich, zumal er auch noch ein fremdes Geräusch hinter sich zu vernehmen glaubte.

»Was war das eben?« fragte er verdutzt. »Da war ein komisches Geräusch!«

»Geräusch?« fragte sie verständnislos zurück. »Ich habe nichts gehört.«

»Doch, doch, da war etwas!« meinte er und ging durch das weiträumige Zimmer mit den zwei Säulen, das auch noch um die Ecke herum weiterging. Er schaute dahinter und um die Ecke, konnte aber nichts ausmachen, was oder wer das knackende Geräusch verursacht haben konnte.

»Da ist nichts! Was soll denn hier sein? Wir sind doch hier alleine!« schüttelte Dunja entschieden den Kopf und kam erneut auf ihn zu. »Felix – du musst doch gespürt haben, dass ich mich auf Anhieb in dich verliebt habe! So etwas Überwältigendes habe ich noch nie erlebt! Und wie ist es bei dir? Da muss das ja einfach auf Gegenseitigkeit beruhen – sonst ginge das ja gar nicht – sich so urplötzlich in jemanden zu verlieben!« Sie seufzte und schien ihn anzuhimmeln.

»Bitte, Felix! Lass' mich jetzt nicht allein! Das kannst Du mir einfach nicht antun!« Und schon hing sie wieder an seinem Hals und küsste ihn wild auf die Lippen. Felix schien schon wieder ein leicht knackendes Geräusch zu hören.

Er machte sich ruhig aber bestimmt frei und sagte: »Da war wieder dieses Knacken oder Klacken! Läuft bei Dir hier irgendein Gerät?« Er schaute sich um und ging schräg zum anderen Ende des mit gewagten Farbkombinationen und ausladenden Polstermöbeln ausgestatteten Raumes. Hinter einer fast lebensgroßen golden strahlenden Buddha-Figur war ein breiter, raumhoher blau-rosa-großgeblümter Vorhang angebracht, der bis zu einer zweiten Tür des Wohraumes reichte, die zum Flur führte. Er wollte darauf zugehen, aber Dunja Commanea stoppte ihn mit einem neuerlichen Anfall von wilder Hingabe. »Komm' Felix! Du kannst jetzt nicht einfach gehen! Wir machen es uns hier bis zum Abend gemütlich! Was möchtest du trinken?? Zieh' dir doch auch Deine Jacke aus!«

Er schüttelte den Kopf und machte sich wiederum los. »Das geht erstens nicht, weil ich noch einen Termin nachher habe – und zweitens bin ich partnermäßig bereits vergeben. Tut mir leid, darum werde ich jetzt auch gleich gehen – dir geht es ja inzwischen schon wieder sehr gut – um nicht zu sagen zu gut!«

»Tue mir das jetzt nicht an, Felix! Was heißt, du bist vergeben? Eine solche leidenschaftliche Liebe wie von mir kannst du von keiner anderen Frau erwarten!«

»Doch!« meinte Felix, knöpfte seine Jacke zu und tippte an seinen nicht vorhandenen Hutrand: »Tchiao, Dunja! Ist ja nett, dass du Dich verknallt hast, aber einseitig bringt das auch nix. Mach's gut, ich gehe!« sagte er, drehte sich um und verschwand relativ eilig von der Bildfläche.

***

Kaum hatte sich Felix Krittin von der Wohnung Dunja Commaneas allein auf den Weg per E-Taxi zum Hotel gemacht, so dauerte es nicht lange, bis Vegapol-Mann Baum-Wohlfahrt im Büro von Roger Scharff auftauchte.

»Na, Ronny, hat das so schnell noch geklappt wie besprochen?« empfing ihn sein Chef.

»Klar, Roger«, nickte Baum-Wohlfahrt und legte ihm einen Digital-Kamera-Chip auf den Schreibtisch. »Ich bin noch vor Dunja und diesem Krittin in deren Wohnung und sie hat mir in meinem Versteck ein paar gute Video-Szenen geliefert!«

»Na, prima!« freute sich sein Chef. Er steckte den Chip an seinem PC ein und lud ihn runter. Dann schauten sich beide an, was der Agent aus seinem Versteck gefilmt hatte. Als die heftigen Kuss-Szenen erschienen, die Dunja mit starkem körperlichen Einsatz geliefert hatte, nickte Scharff zufrieden grinsend: »Okay. Damit können wir einiges an Störfeuer auslösen!«

»Gerne!« erklärte sich Baum-Wohlfahrt bereit. »Gemeinsam mit Dunja. Die WhatsApp- und E-Mail-Adressen von Vanessa, Rudi Kahl, Krittins Verlagschef und von seiner Freundin im Verlag haben wir jetzt parat!«

»Na, dann auf, auf, Ronny! Worauf wartet ihr?« munterte der scharfe Roger mit dem Doppel-F seinen Agenten auf. »Wär' doch gelacht, wenn wir diesen verdammten Felix Krittin nicht ins Chaos und ins Aus manövrieren könnten!«

***

Nachdem Felix Krittin sich in seinem Zimmer im Hof Veganathal frisch gemacht hatte und sich auf den Weg zum Abendessen im Vegatime One begeben wollte, erhielt er eine WhatsApp-Nachricht auf seinem Smartphone – von Annalena Klett, seiner Freundin beim MyLife aktuell Verlag: »Die Veganische Polizei Vegapol schickte mir ein Kurzvideo, auf dem du eine politisch aktive Dunja Commanea auf der Couch in deren Wohnung küsst – und fragt an, ob wir vom Verlag davon wüssten oder das sogar deckten, um auf illegale Weise an Vegania-interne Informationen zu gelangen! Was verheimlichst du mir da?«

Gleich danach kam eine weitere Nachricht rein – diesmal von Ralf Vartheit, seinem Verlagschef: »Annalena und ich haben dein scheinbar heimlich aufgenommenes Kuss-Video bekommen – und mir hat man zudem gedroht, dich wegen dieser deiner Machenschaften sofort auszuweisen und jeden Kontakt zum Verlag aus staatspolitischen Gründen abzubrechen!«

Felix rief daraufhin sofort zurück – zunächst erstmal Annalena.

»Hallo, Felix!« meldete sie sich kühl. »Was hast du zu dem Video und den Vorwürfen zu sagen?« empfing sie ihn sofort mit dieser Frage.

»Das ist ein ganz perfides, abgekartetes Spiel und vom Polizeichef Roger Scharff gesteuert! Diese Dunja Commanea muss eine Agentin von ihm sein, die mich in seinem Auftrag überrumpelt hat!« Und er schilderte ihr, wie es zu der Situation mit dem inszenierten anscheinend wilden Kuss kam, der auch noch gut vorbereitet heimlich gefilmt wurde. »Ich würde eher sagen, deren Verhalten ist illegal und nicht meines! Roger Scharff und die Vegapol haben was gegen unseren Bericht!«

»Na, okay, Felix, ich glaub' dir«, meinte Annalena. »Die Sache scheint ja wirklich perfide eingefädelt zu sein. Ralf will dich dazu natürlich ebenfalls sprechen. Soll ich dich zu ihm durchstellen?«

»Ja, bitte, ich wollte ihn sowieso auch anrufen«, stimmte Felix zu und sie verband ihn mit seinem Chef Ralf Vartheit.

»Hallo Ralf. Ich möchte dir hier gleichmal den wahren Hintergrund zu der dir von der Vegapol zugesandten Mail mit dem Kuss-Video erklären!« eröffnete er das Gespräch.

»Ja, bitte, darauf warte ich schon, Felix.« Und Felix schilderte ihm das abgekartete Spiel im Detail und die Einzelheiten über die vorübergehende Entführung seines Autos und die Beschimpfung durch Milli Tantes.

»Sag' mal, das ist ja eine ausgemachte Sauerei, wie die veganische Staatspolizei mit dir als Journalisten und stellvertretenden Verlagsleiter umgeht bzw. andere Gruppen mit dir umgehen lässt!« Er war echt erbost über die versuchte Kompromittierung und das Überrumpelungsvideo. »Besser hätte es das frühere KGB auch nicht gekonnt! Das lassen wir natürlich nicht auf uns sitzen. Was sagt denn deren Pressechefin Vanessa Kreuter dazu?«

»Bei der habe ich ja ein Stein im Brett. Und deshalb, weil sie auf meiner Seite steht, wird sie ebenfalls angefeindet. Noch dazu, weil der Polizeichef Roger Scharff – wie sein Name schon sagt – selbst scharf auf Vanessa Kreuter ist, sie ihn aber immer wieder abblitzen lässt.«

»Aha, daher weht der Wind«, meinte Ralf Vartheit. »Pass' auf! Das lassen wir uns nicht gefallen, dass so mit uns umgesprungen wird. Ich schreib' jetzt selbst einen Leitartikel in kritisch-sarkastischer Form darüber – in der kommenden Ausgabe – und mache das skandalöse Verhalten des Polizeichefs und seiner Truppe damit öffentlich. Allerdings werde ich den Text vorab an den Staatschef Rainer Kreuter schicken – mit dem Hinweis, dass er ein Machtwort spricht – ansonsten veröffentlichen wir den Leitartikel!«

»Na, hoffentlich bewirkt das eine Rückkehr zur Vernunft – oder wir können uns gleich von der geplanten Artikelserie verabschieden«, meinte Felix etwas skeptisch.

»So oder so!« stellte sein Chef klar. »Entweder die lenken ein oder das war's gewesen. Dann erscheint mein Leitartikel auf jeden Fall. Das sind wir unserem Ruf als unabhängigem Magazin schuldig!«

»Okay, einverstanden«, stimmte Felix zu. »Vielleicht ist das die richtige Vorgehensweise in diesem Fall.«

»Gut, so machen wir es! Dann halte mal weiter die Ohren steif!« wünschte er seinem Star-Journalisten und Stellvertreter.

***

Felix hatte das Gespräch kaum beendet, da rief Vanessa ihn an. Sie hatte natürlich ebenfalls bereits das Kuss-Video erhalten. »Das ging aber schnell mit dieser Dunja und dir – kaum kennengelernt und schon küssend auf deren Couch gelandet!« eröffnete sie ihren Anruf. »Aber das ist doch wohl ein plumpes Überrumpelungsvideo, um dich zu kompromittieren – oder?«

»Allerdings!« nickte Felix zustimmend. »Und zwar mit einem darauf wartenden verdeckten Videokameramann von der Vegapol. Das Video ging auch an meinen Chef und meine Redaktionsassistentin. Ich habe mit ihnen über die Hintergründe schon gesprochen. Mein Chef bereitet jetzt einen scharfen Leitartikel gegen die Machenschaften von Roger Scharff und seine Geheimagenten vor. Den will er allerdings vor Veröffentlichung deinem Vater zumailen, damit dieser als Staatschef die unwürdigen Vorgehensweisen noch rechtzeitig stoppen kann.«

»Ja, einverstanden«, meinte sie. »Vielleicht hilft das. Rudi Kahl von unserer Konkurrenzpartei hat das Video übrigens ebenfalls zugeschickt bekommen und schon bei mir am Telefon Krach geschlagen. Daher weiß ich nicht genau, ob er das nicht weiter ausschlachtet!«

»Na, dann erscheint unser Leitartikel eben!« kündigte Felix an.

»Deshalb werde ich selbst auch Roger Scharff anrufen und ihn mit einer Bloßstellung seiner immerhin illegalen Vorgehensweise drohen!«

»Ja, okay, dann mach' das mal!« munterte Felix sie auf.

»Morgen früh reden wir dann beim Start unserer Tourfortsetzung weiter. Mach's gut bis dahin. Ich freue mich auf dich!«

»Ich auch, Felix!« Und sie deutete durch den Hörer einen Kussseufzer an.

***

Vanessa Kreuter erreichte Roger Scharff tatsächlich auf dessen Handy.

»HeVegan, Vanessa!« begrüßte er sie scheinbar erfreut. »Du Arme hast es ja inzwischen mitgekriegt, wie dein neuer Journalisten-Freund dich schnöde hintergangen hat. Tut mir leid, aber du hast auf den Falschen gesetzt!«

»Ach? Und wie erklärst du mir, dass da in Dunjas Wohnung sofort einer deiner Schergen bereitstand, die Überrumpelung durch Dunja aus dem Hinterhalt zu filmen?« brach es aufgebracht aus ihr hervor.

»Da stand keiner von uns! Wir hatten nur längst vorher eine Überwachungskamera in ihrer Wohnung installiert, weil vorübergehend ein Verdacht bestand, dass sie sich heimlich mit politischen Gegnern trifft!«

»Das glaube ich dir nicht!« entgegnete Vanessa. »Das Video ist nicht von einer festinstallierten Kamera aufgenommen, weil sich während des Filmens die Perspektive verändert hat. Es war demnach also eine handgeführte Kamera!«

»Glaub' doch, was du willst!« meinte Roger Scharff ärgerlich vom Schreibtisch aufspringend darüber, dass er ertappt war. »Du bist ja gar keine Filmexpertin!«

»Aber ich habe Erfahrung damit«, konterte sie. »Ich will dich hiermit nur warnen, dein unglaubwürdiges Video an die große Glocke zu hängen – dann werden wir dich und deine illegale Aktion bloßstellen!«

Der windige Polizeichef kreiste mit seinem Smartphone am Ohr unruhig um seinen Schreibtisch. »Vanessa, du weißt, dass ich eigentlich für dich immer viel übrig hatte, aber du machst es mir jetzt zunehmend schwer, seitdem du dich mit diesem undurchsichtigen Krittin zusammengetan hast«, versuchte er es erst einmal mit einem abgemilderten Ton.

»Umgekehrt. Du bist es, der hier die unnötigen Schwierigkeiten macht!«

»Also Schluss jetzt mit Vorwürfen!« brauste er jetzt doch auf.

»Entweder du distanzierst dich endlich von diesem Felix Krittin und seinen Absichten oder du kommst ihm weiterhin entgegen und du musst die Konsequenzen tragen. Dann werde ich dafür sorgen, dass du deinen Job als Pressechefin und Staatssekretärin verlierst! Du verhältst dich damit staatsgefährdend und untragbar für dein Amt!«

»Gut, du willst es so, Roger!« wurde Vanessa schärfer. »Dann sorge ich dafür, dass du im nächsten MyLife aktuell-Leitartikel entlarvt wirst – oder du stoppst dein unfaires Verhalten gegen mich und Herrn Krittin sofort!« Dann legte sie einfach auf, ohne eine weitere Antwort abzuwarten.

Ihren Vater rief sie danach ebenfalls an und forderte ihn auf, Roger Scharffs unfaire Aktionen zu stoppen. Er versprach ihr, diesen zur Ordnung zu rufen.

***

Am nächsten Morgen war Vanessa um 8.00 Uhr ins Hotel Hof Veganathal gekommen, um mit Felix Krittin dort zu frühstücken und sich für ihr weiteres Vorgehen abzustimmen. Vanessa hatte zwei weitere Besuchskontakte vororganisiert.

»Wir werden heute zwei Besuche auf unserer Tour machen«, erklärte sie. »Zuerst machen wir sozusagen eine Visite in unserer Veganikum-Klinik hier in Veganathal und nachmittags fahren wir nach Norden zum Veganimal Wildpark in Veganistan. Dort werden wir das Wildpferdgehege und den veganen Haustier-Entwicklungspark besichtigen, wo die Tiere zwar noch nicht alle vegan versorgt werden können, aber der Tierpark-Direktor meint, man könne sie dort nach und nach vegan umerziehen«, lächelte sie etwas zweifelnd.

»Da bin ich aber gespannt, wie man das ohne neues Tierleid zu erzeugen hinkriegen will«, meinte Felix Krittin.

»Ja, da gibt es wohl schon Probleme«, gab Vanessa zu. »Na, wir werden es ja sehen.«

Um neun Uhr gingen sie hinunter zum Hotelparkplatz, wo der Nissan Leaf von der Staatsfahrbereitschaft mit ihrem Fahrer und Überwacher Ronny Baum-Wohlfahrt und dem Video-Reporter Robby Tönow auf sie warteten.

»Du warst also schon vor uns hier, Vanessa«, stellte Baum-Wohlfahrt missbilligend fest. »Ich sollte dich eigentlich vorher an deinem Büro abholen, um einige Verhaltensregeln vorab zu besprechen!«

»Sagen wir mal eher, um Herrn Krittin und mich nicht unbeobachtet zusammen sein zu lassen«, korrigierte Vanessa ihn. »Aber ich bin nicht Rogers Untergebene und entscheide selbst, was ich zu tun habe. Noch dazu, wo er sich äußerst unfair gestern verhalten hat.

Ich habe schon einmal gesagt, wir sind hier nicht in Nordkorea, wo ausländische Besucher und selbst ihre Betreuer von Dritten lückenlos überwacht werden – dachte ich bisher zumindest!«

Baum-Wohlfahrt zuckte dazu nur die Schultern und dachte insgeheim, er werde schon seinem Chef von Vanessas unsolidarischem Verhalten berichten.

Sie fuhren dann in Veganathal nur um drei Ecken bis zur Veganikum-Klinik. Es war ein relativ großer, nüchterner vierstöckiger Gebäudekomplex mit breiter Tür- und Fensterverglasung und grün-grau abgesetzten Geschossbändern. Die grün-graue Gestaltung setzte sich auch im Inneren des Gebäudes im Treppenhaus und in den Gängen fort.

Dr. Jannis Skleros, der leitende Klinik-Chefarzt, empfing sie gemeinsam mit seiner Chef-Krankenpflegerin Curina Tollischek im Treppenhaus.

»HeVegan, Vanessa!« begrüßte er die Pressechefin erfreut. Auch er sollte einer von den führenden Männern in Vegania sein, der mehr als ein wohlwollendes Auge auf die attraktive Vanessa geworfen hatte und mehr oder weniger scharf auf ein Date mit ihr war.

»Wie geht's? Wir wollten doch mal wieder bald zusammen schön vegan essen gehen?«

»Meine Zeit ist im Moment sehr knapp«, lächelte Vanessa ihn entschuldigend an. »Jetzt geht es aber mehr um eure Klinik und was du Herrn Felix Krittin vom MyLife aktuell-Magazin zeigen kannst!«

»Natürlich, natürlich«, beeilte sich der kahlköpfige Sechziger mit grüngeränderter Viereckgläser-Brille zu beschwichtigen. »Nun gut, dann fangen wir mal in unserem Labor- und Medizingeräte-Bereich an!«

Zunächst führte sie der Chefarzt in das Kliniklabor, in dem nicht nur medizinische Bluttests und Gewebeproben von Patienten untersucht, sondern auch Medikamente und medizinische Geräte auf womögliche tierische Bestandteile analysiert wurden.

»Wir sind dazu gehalten, sowohl auf dem Medizinmarkt vorhandene angeblich vegane Medikamente als auch die neuen von unserem VegaLab entwickelten tierfreien Arzneien und Hilfsmittel noch einmal eigenverantwortlich zu analysieren.

Und zwar deshalb, um ganz sicher zu gehen, dass diese wirklich frei von tierischen Komponenten sind wie z.B. von Laktose/Milchzucker, Gelatine, aus Stuten gewonnenem Östrogen, Wollwachs, Bienenwachs oder gar Rindergalle für Impfstoffe«, dozierte Dr. Skleros, während sie hinter den mit Laborarbeiten beschäftigte Mitarbeitern langsam vorbeigingen.

»Heparin als Schmerzmittel z.B., ein Blutgerinnungshemmer aus Rinderlunge oder Schweinedarm, kommt für uns natürlich nicht in Frage. Wir setzen im Schmerztherapie-Bereich auf rein pflanzliche Bestandteile, auch bei den Bindemitteln für die Arzneikapseln ersetzen wir die übliche Gelatine aus Tierknorpeln durch pflanzliche Kapseln«.

»Aber in vielen Krankheitsfällen stößt doch die vegane Lebensweise an ihre Grenzen, wie wir wissen?« wandte Felix Krittin ein. »Dafür Arzneien zu finden, die völlig frei von tierischen Bestandteilen sind, gestaltet sich dann oft schwierig?«

»Wir machen ständig Fortschritte«, schüttelte Dr. Skleros den Kopf. »Zum Beispiel beim Insulin für Diabetiker. Wir stellen es nicht wie andere extrahierend aus den Bauchspeicheldrüsen von Schweinen her, sondern wir erzeugen es mikrobiell ohne Tierleid. Oder den Wirkstoff Apis, der bei Allergien und Insektenstichen angewendet wird, ersetzen wir durch Wirkstoffe aus der Morinda-Frucht Noni!«

»Und wie sieht es mit der jeweiligen Wirkstoffzulassung aus?« fragte Krittin. »Soviel ich weiß, sind um einen neuen Wirkstoff zulassen zu können, meist zunächst Tierversuche vorgeschrieben. Deshalb sind eigentlich alle Wirkstoffe irgendwann einmal an Tieren getestet worden?«

»Ja, bei Ihnen in der Bundesrepublik und anderen EU-Ländern. Da wir grundsätzlich Tierversuche ablehnen und bei uns verbieten, hat unsere alternative Forschung andere Methoden entwickelt, um Tierversuche durch neue Zell-Linien oder Computersimulationen zu ersetzen!«

»Und wie ist es bei den bereits auf dem internationalen Markt angebotenen, als vegan geltenden Medikamenten?

Deren Wirkstoffe sind doch eben alle einmal durch Tierversuche getestet worden?« fragte Vanessa dazwischen.

»Das ist richtig«, bestätigte Dr. Skleros nickend. »Aber deshalb ersetzen wir diese fast alle durch preisgünstiger nachproduzierte Generika, für deren Zulassung keine Tierversuche mehr nötig sind!«

»Wir haben aber aus anderen Veröffentlichungen erfahren, dass Veganer oft einen Mangel an Eisen, Zink und an Vitamin B-12 bekommen, das nur aus tierischer Nahrung gebildet werden kann. Deshalb müssen sie dieses dann als Nahrungsergänzung zu ihrer veganen Ernährung hinzufügen?« warf der Journalist ein. »Sonst leiden sie bald an Müdigkeit, Blutarmut und Blässe und Gehirn und Nerven werden geschädigt«.

»Vitamin B-12 kann von uns auch auf der Basis von fettreichen Pflanzen hergestellt werden, lediglich ist diese Ausbeute hierbei geringer als bei der Erzeugung auf tierischer Basis«, erklärte Dr. Skleros milde lächelnd. »Aber das macht nichts, da wir hierfür eine preiswertere Produktion bieten. Außer der Supplementierung durch B-12 Nahrungsergänzung bieten wir z.B. bereits B-12-angereichert hergestellte vegane Lebensmittel an!«

Inzwischen erreichte die Gruppe den großen Raum, in dem die Einsatzreserve von medizinischen Geräten vorgehalten wurde, die vor allem für den Notersatz bereitstand.

»Hier bei den veganmedizinischen Diagnose- und Therapiesystemen haben wir strikt auf die Verarbeitung von veganen Kunststoffen und Schutzlacken Wert gelegt. In den sonst üblichen Geräten sind meist Additive tierischen Ursprungs enthalten wie z.B. Salze oder Stearinsäure, die aus geschmolzenem Rinderfett gewonnen werden. Wir dagegen entwickeln oder zumindest beachten wir, dass die Kunststoffe, Bezüge und Lacke sog. ADC-freie Komponenten enthalten!«

»Was bedeutet ADC-frei?« fragte Vanessa.

»Frei von Animal Derived Components«, erläuterte der Klinikchef. »ADC ist unsere gängige Abkürzung für tierbasierte Komponenten«.

»Ja, aber Ihre Medizingeräte enthalten doch alle noch Kupferkabel und die sind wegen des knochenleimbasierten Elekrolyse-Katalysators nicht ADC-frei!« warf Felix ein.

»Das ist ein Thema, das bisher noch außen vor bleibt, bis unsere VegaLab-Experten ein völlig vegan erzeugtes Kupfer erfunden und entwickelt haben werden«, winkte Dr. Skleros unwillig ab. »Das zählt solange nicht! Und Sie können davon ausgehen, dass wir auch das bald schaffen werden!«

»Sie haben noch nicht erwähnt, dass Sie in Ihrer Klinik einen radikalen Veganer als exklusiven Patienten haben, der sich sein Zahnfleisch hat entfernen lassen«, ermunterte Vanessa den Klinikleiter.

»Ja, dazu kommen wir noch«, nickte Dr. Skleros lächelnd. »Das ist zwar ein etwas extremer Fall, aber daran sehen wir einmal, wie tatsächlich ernst manche unserer Veganier die strikt vegane Lebensweise nehmen. Gehen wir doch mal rüber zur Dental-Klinischen Abteilung und fragen wir Herrn Albertig direkt!«

Klinikchef Dr. Jannis Skleros führte die Gruppe zum Lift und sie fuhren hinauf ins oberste Geschoss. Dort betraten sie ein Curatientenzimmer, in dem der Dental-Patient Howart Albertig bereits sitzend auf seinem Polsterstuhl auf sie wartete.

Howart Albertig, ein blassblonder, 35jähriger begüterter Jurist für Veganisches Recht aus Veganis, dem Hauptort des Veganats Veganistan, hatte – nachdem er von einer entsprechenden erfolgreichen Zahnfleischentfernung eines Deutschen aus Dortmund gelesen hatte – darauf bestanden, dass eine solche OP auch an ihm im Veganathaler Veganikum vorgenommen wurde.

»Diese OP liegt bei ihm jetzt zehn Wochen zurück und nun ist er seit Tagen hier, um sich das entfernte Zahnfleisch durch ein veganes ersetzen zu lassen«, erklärte Dr. Skleros nicht ohne Stolz und machte die Besuchergruppe mit ihm bekannt.

»Wie kamen Sie zu solch einem radikalen Entschluss?« wollte Felix Krittin wissen.

»Das ist für mich absolut konsequent!« erklärte Howart Albertig überzeugt. »Weil ich diesen widerlichen Fleischgeschmack nicht länger in meinem Mund dulden konnte, unterzog ich mich diesem anspruchsvollen chirurgischen Eingriff. In einer fünfstündigen OP entfernten mir die Dentalchirurgen das komplette Zahnfleisch. Nach einer Nachbehandlungsphase von mehreren Tagen ersetzten sie es mir dann mit einem individuell angepasstem Zahnfleischersatz aus einem speziellen, flexibel-weichen Silikon, das ich jetzt seit einer Woche drin habe und schon mal sehr froh damit bin!« meinte der Radikalveganer mit verklärtem Lächeln.

»Eine sog. Zahnfleisch-Epithese«, ergänzte Dr. Skleros.

»Aber da haben Sie doch noch immer den Fleischgeschmack Ihrer Zunge und Ihres Gaumens im Mund?« wunderte sich Felix Krittin.

»Ja, das konnte natürlich auch nicht so bleiben«, nickte Albertig. »Deshalb bin ich jetzt hier. Jetzt kommt nämlich der nächste Schritt!«

»Herr Albertig bekommt jetzt in mehreren Schritten einen dünnen, aber flexibel haltbaren Sprühüberzug seiner Zunge und seines Mundinneren aus ebenfalls speziell von uns entwickeltem veganen Silikon. Nur die Zungenspitze muss davon freibleiben, damit er überhaupt noch einen Geschmack behält und die Zähne werden gleich wieder davon freigeputzt. Dieser Silikonbelag nutzt sich zwar im Laufe von ein bis zwei Jahren etwas ab und muss dann jeweils erneuert werden!«

»Dann endlich kann ich mich wirklich einen 100-Prozent-Veganer nennen!« nickte Howart Albertig begeistert. »Ich hab mir nun mal geschworen, nicht mehr das kleinste Fitzelchen Fleischgeschmack im Mund zu dulden«.

»Um Himmels Willen – ist das nicht sehr teuer?« fragte Felix.

»Ja, billig ist es sicher nicht, aber ich kann und will mir das finanziell leisten und das tue ich gerne aus vollster Überzeugung! Damit wäre ich auch für einen ganz besonderen Status und besondere Aufgaben in unserem veganen Staatswesen prädestiniert!« antwortete Albertig im Brustton der Überzeugung.

»Mindestens für das Amt des Gesundheitsministers«, kommentierte Felix dessen Meinung lakonisch und verabschiedete sich mitleidig lächelnd von dem Radikal-Veganer, nachdem der Video-Reporter Robby Tönow noch einige Aufnahmen von ihm gemacht hatte.

»Oh, ich finde das gar nicht so abwegig, dass Herr Albertig

für ein solches Amt prädestiniert sei!« fand abschließend Oberschwester Curina Tollichek, als sie das Curatientenzimmer verließen – und auch ihr Chef Dr. Skleros nickte zustimmend und meinte zu dem Journalisten und Vanessa: »Mit diesem akzentuierten Höhepunkt der Visite bei unserem Renommee-Patienten Albertig konnten wir Ihnen einmal anschaulich und überzeugend nahe bringen, wie sehr uns und unseren herausragenden Bürgern Veganias die absolut vegane Lebensphilosophie am Herzen liegt! Und damit entschuldigen Sie mich – ich muss nun zurück zu meinen eigentlichen veganen Aufgaben«.

Aber er verabschiedete sich nicht ohne noch einmal breit lächelnd Vanessa anzugehen, endlich das angeblich seit längerem überfällige gemeinsame Abendessen im Vega-Time One nachzuholen.
»Jannis, Sie wissen doch – ich bin zur Zeit sehr stark anders in Anspruch genommen«, meinte Vanessa. »Wir können das aber natürlich irgendwann gemeinsam mit meinem Vater und Ihrer Frau nachholen«.
Dr. Jannis Skleros reagierte daraufhin mit einem unglücklichen sauren Abschiedslächeln.

Als sie dann draußen wieder an ihrem Auto Ronny Baum-Wohlfahrt trafen, fragte Felix Krittin ihn grinsend, wann er denn als strikter Veganer sein Zahnfleisch entfernen lassen würde. Das könnte seiner Veganer-Karriere doch sicherlich einen weiteren kräftigen Schub geben.
»Ich weiß schon, womit ich meine Karriere weiter fördern kann«, erwiderte der Agent kalt. »Dazu brauche ich kein künstliches Zahnfleisch – ich kann aber dafür sorgen, dass

Sie mit Ihrer Unverschämtheit bald auf dem Zahnfleisch aus unserem Staat davonschleichen!«

»Egal, wer hier bald auf dem Zahnfleisch geht – dazu brauchen wir kein Silikon«, meinte Felix und stieg in den Nissan Leaf, um sich zum nächsten Besichtigungsort fahren zu lassen.

Zwanzig Minuten später erreichten sie dann den nahe Liebenwalde gelegenen Wildpark Veganimal im Norden des Veganats Veganistan. Empfangen wurden sie vom Wildpark-Direktor Wilfried Hopper, einem dreiundsechzigjährigen Einmeterneunzig-Mann mit grauer Langhaarmähne, die hinten zu einem Zopf gebunden war, und grauem Vollbart.

»HeVegan, Vanessa und Herr Krittin!« begrüßte er sie und erklärte: »Das ist gut, dass ihr mir hier einmal mehr die Gelegenheit gebt, unseren tiersolidarischen Standpunkt und unsere auf gleichberechtigte Koexistenz von Mensch und Tier ausgerichtete Satzungsphilosophie darzulegen!«

»Sind Sie nicht auch der Vorsitzende der Tierrechts- und Tierethik-Kommission von Vegania?« fragte Felix Krittin.

»Sehr richtig!« bestätigte Wildpark-Direktor Hopper eifrig. »Wir berufen uns dabei auf den kanadischen Politik-Philosophen Will Kmilicka, der fordert, auch alle uns umgebenden Tiere zu vollwertigen Staatsbürgern mit eigenen Bürgerrechten zu erklären und der eine kühne Zukunftsarchitektur von einer integrierten Zoolopolis-Gesellschaft entwirft. Das ist auch unser Ziel hier in Vegania! Tiere sollen daher auch nur sich selbst gehören und niemandem anderen.«

»Wie sollen denn die Tiere und Haustiere ihre staatsbürger-lichen Grundrechte vertreten und durchsetzen können?« fragte der Journalist zweifelnd.

»Indem wir als veganzoologische Lobbyisten ihre Interessen vehement vertreten, ist doch klar! Tiere sollen daher auch volles Wahlrecht erhalten, das stellvertretend und eigenverantwortlich von ihren Versorgern ausgeübt wird!« entgegnete Hopper.

»Sehen Sie: Schon der Naturphilosoph Johann Gutzeit vertrat bereits Ende des 19. Jahrhunderts in der Zeitschrift ›Der Vegetarier‹ die These, dass Fleischessen des Menschen und das Fleischfressen der Tiere die Angel ist, woran alles Übel hängt – und dass, wer von ihm lässt, auch von anderen angewohnten Naturwidrigkeiten sich früher oder später befreien wird.

Und wir vertreten die Prämisse, dass nur der Veganismus verspricht, unser Gemüt, Gewicht und Gewissen gleicher-maßen zu erleichtern – sozusagen die 3 G's als Patentlösung aller Urprobleme in der Welt. Und in der Verantwortung für unsere Tiere und in ihrem Seelenfrieden zuliebe müssen wir das ebenfalls für sie durchsetzen!«

»So, so, aha – das ist also die Patentlösung für alles, das wusste ich auch noch nicht. Dass Sie wissen, was Ihre Tiere wählen würden und dieses Anliegen für sie durchsetzen können, ist mir auch neu«, kommentierte Felix diese ve-ganphilosophischen Ausführungen. »Wenn das die Lösung aller Probleme sein soll, hätte ich gerne lieber manche der Probleme zurück«:

»Ja, ja – wundert mich nicht – manche unserer Veganis-musforscher sind deshalb auch der Überzeugung, dass Fleischessen sogar dumm macht – also die Intelligenz,

Zusammenhänge im veganen Sinne richtig zu begreifen – stark vermindert. Und deshalb streben wir auch an, die Tiere in unserem Wildpferd- und Haustierpark durch Fleischverzicht moralisch und in ihrer Intelligenz zu fördern«.

»Aha. Veganer werden sich aber dann ethisch-moralisch vor den Frutariern oder Fruganern rechtfertigen müssen, die nur essen, was die Pflanzen freiwillig hergeben. Die Fruganer ihrerseits geraten dann gegenüber den sog. Lichtköstlern ins moralische Hintertreffen, weil sie den Pflanzen die Früchte rauben und nicht nur von den Strukturen des Lichts der Sonne leben wollen, solange sie das überhaupt überleben. Was sagen Sie dazu?«

»Das ist unseres Erachtens zu weit gedacht und darum übertriebenes Eifertum«, winkte der Wildpark-Direktor unwillig ab. »Nur Tiere haben außer dem Menschen eine Seele, die leiden kann. Pflanzen dagegen haben ein seelenloses, niederes Entwicklungsdasein, das keine Emotionen und kein Leid verspürt«.

»Davon bin ich nicht überzeugt«, erwiderte Felix kopfschüttelnd. »Neuere Forschungen mit messbaren Ergebnissen u.a. der Kirlianfotografie belegen, dass Pflanzen sowohl Angst vor Verletzungen als auch Wohlgefühl bei guter Pflege und Zuwendung empfinden können. Demnach haben alle Lebewesen eine Art Seele!«

»Jetzt schweifen Sie ab ins Parapsychologische, bei dem sämtliche angeblichen Beweise uns nicht überzeugen können!« wehrte Hopper diese Argumentation geringschätzig ab.

»Na gut!« meinte er dann. »Dann gehen wir mal los und

Sie sehen sich an, wie unsere Tiere hier vegan leben und erzogen werden!«

Als Erstes besichtigten sie das Gehege mit den Liebenthaler und den polnischen Przewalski-Wildpferden. Diese beiden relativ kleinwüchsigen zottigen Rassen gehörten zu den wenigen, noch im deutschsprachigen Raum existierenden Wildpferdarten.

»Diese machen einen durchaus zufriedenen und robust-gesunden Eindruck«, stellte Vanessa fest.

»Ja, aber Pferde gehören nun sowieso zu den reinen Pflanzenfressern. Sie leben also ohnehin vegan«, meinte Felix.

»Nicht ohnehin«, schüttelte Hopper den grauen Kopf. »Nur wenn sie auch auf vegan gedüngten Wiesen weiden und auch sonst rein veganes Tierfutter erhalten. Und darauf achten wir sehr!«

»Okay«, nickte der Journalist. »Und hier drüben Ihre Esel, Rinder, Mufflon-Schafe, Ziegen und Schweine sind ebenfalls alle von Natur aus Vegetarier. Selbst Ihre hier lebenden Rehe, Hirsche, Hasen und Wildschweine ebenso!«

»Richtig«, meinte der Wildpark-Direktor. »Für sie gilt das Gleiche. Natürlich auch für unsere Geflügel – die Hühner, Enten, Gänse, Puten – und für die Wildkaninchen. Aber bei den Sattelschweinen, die eine Art Allesfresser sind, müssen wir schon mehr darauf achten, dass sie nicht irgendwelches Kleingetier fressen können!«

Die Gruppe ging weiter an all den Gehegen des veganen Haustierparks vorbei. Alle Tiere machten immerhin einen gesunden, kräftigen Eindruck.

»Bei allen diesen Haustieren ist ja auch keine große Umstellung notwendig, um vegan zu leben«, stellte der Journalist fest. »Aber wie ist es mit Ihren Hunden und Katzen? Diesen den Fleisch- und Fischgenuss abzugewöhnen dürfte doch wohl schon schwieriger sein – erst recht, den Hunden das Jagen und den Katzen das Mäusefangen?

Zudem soll es ja nicht weit von hier schon Wölfe geben. Wie halten Sie denn diese davon ab, hier Schafe zu reißen?«

»Dafür haben wir unsere polnischen Herdenschutzhunde. Die halten sie uns gegebenenfalls dann fern!

Das eigentlich größte Raubtier der Erde ist für uns immer noch der Mensch – deshalb muss dieser natürlich als Erster primär umerzogen werden. Das ist auch die primäre Aufgabe unseres gesamten Staates!«

»Und wie erziehen Sie die wilden Raubtiere um ? Füchse, Wölfe, Schlangen, große Vögel usw.?«

»Diese vergrößern das Tierleid von Lämmchen, Ziegen, Kälbchen und von allem Geflügel inklusive den Küken. Aber schon in der Bibel wird das eigentliche Reich Gottes wie folgt versprochen: Wolf und Lamm sollen weiden zugleich, der Löwe wird Stroh fressen wie ein Rind und die Schlange soll Erde fressen – so steht es in Jesaja 65; 25. Und an diesem hohen Ziel orientieren wir uns!« betonte Direktor Hoppe voll Inbrunst.

»Wie erziehen Sie nun aber Ihre Katzen und Hunde um?«

»Sie werden eine längere Zeit in großen Käfigen gehalten und erhalten nur veganes Futter. Wenn sie es nicht fressen wollen, werden sie isoliert hungrig gehalten, bis sie aus dem heißem Hungergefühl heraus bereit sind, es zu fressen, da nichts anderes zur Verfügung steht. Das wird solange getan, bis sie sich vollständig umgestellt haben. Dann werden sie wieder freigelassen, aber wenn sie rückfällig werden und doch wieder anderes Getier jagen oder Mäuse fangen, kommen sie erneut in die vegane Quarantäne, bis sie es endgültig gelernt haben!« erläuterte der Tierpark-Direktor selbstbewusst.

»Und während dieser relativ langen und sicher gewaltsam empfundenen Vegan-Quarantäne erzeugen Sie kein Tierleid? Das kann ich Ihnen nicht glauben!« schüttelte Felix den Kopf und auch Vanessa tat dies zweifelnd.

»Nun gut«, wog Hopper seinen Kopf hin und her. »Sicher ist das keine reine Freude – genau wie bei uns Menschen, wenn wir uns zunächst zur Umstellung zwingen müssen – aber hinterher dürfen sie sich um so wohler fühlen, meine ich«.

»Ja, dabei spielt aber der eigene Wille dazu eine vordringliche Rolle«, meinte Felix. »Aber dem Tier wird das ja gegen seinen Willen gewaltsam aufgezwungen! Und auch das ist eine Form von Tierleid!«

»Jetzt werden Sie psychologisch-philosophisch, Herr Krittin«, tadelte ihn der Direktor. »Das sticht bei uns nicht. Wir müssen für das Tier denken und wissen, was für es letzten Endes gut ist. So sieht es aus! Die Tiere bekommen sogar zusätzlich Nahrungsergänzung, die einige fehlende Nährstoffe, die sonst nur in fleischlicher Nahrung enthalten sind, ersetzen!«

»Und wie verschonen Sie das Tierleid von Käfern und Würmern, die den Boden auflockern und Humus bilden und bei der landwirtschaftlichen Bodenbearbeitung getötet werden?« wollte Felix wissen.

»Typische Frage für einen Nicht-Veganer«, meinte Hopper nachsichtig lächelnd. »Das sind nun wirklich die letzten kleineren Probleme, für die wir aber auch schon rein vegane

Lösungen entwickeln. Das kann unsere Zuversicht, auf dem einzig richtigen Weg zu sein, in keinster Weise mindern! Beim Getreide-, Obst- und Gemüseanbau setzen wir ja z.B. in Pilotprojekten bereits auf abgezirkelte bodenwürmer- und kerbtierfreie Bodenflächen, da ja sonst das darauf wachsende Grün nicht mehr rein vegan ernährt würde!

»Aha, es gibt also doch noch ungelöste Probleme in Vegania«, stellte Felix Krittin abschließend fest – und dann besichtigten sie noch je einen Hundezwinger und Katzenzwinger, in denen gerade die hungern müssenden Insassen zu veganem Tierleben umerzogen wurden.

»Diese Tiere sehen aber samt und sonders nicht gerade glücklich, sondern ziemlich traurig aus! Und auch ihr Fell sieht ziemlich stumpf aus«, stellten er und auch Vanessa mitleidig fest. »So sieht für mich Tierleid aus!«

»Ich erklärte Ihnen doch gerade eben, warum die vielleicht etwas harte Umstellungsphase vorübergehend sein muss, damit sie hinterher umso glücklicher vegan leben können!« Felix Krittin gab es auf, weiter auf dem für Direktor Hoppe scheinbar nebensächlichen Thema »herumzuhacken«, aber er ließ den Video-Filmer noch einige Aufnahmen von den angeblich eine herrliche vegane Zukunft erwartenden Hunden und Katzen machen – und dann verabschiedeten sie sich mit gegenseitig säuerlichem Lächeln.

Als sie sich wieder dem Parkausgang zuwandten, trat Felix plötzlich eine Person in den Weg, die ihn nun noch weniger begeisterte: seine Exfreundin Gerrit Lohse, die inzwischen mit dem Lokalpolitiker Igor Waldschütz verheiratet war und nun unbedingt wieder von ihm loskommen wollte.

»Hallo, Felix!« begrüßte sie ihn strahlend. »Kann ich dich einen Moment sprechen?«

Felix zuckte entschuldigend die Schultern und wandte sich Vanessa zu: »Entschuldige, das ist eine alte Bekannte von mir aus Veganis – sie hat wohl gehört, dass ich hier bin und will mich kurz begrüßen«.

»Okay, kein Problem«, nickte Vanessa – sie wusste ja von Felix, welches Problem seine Exfreundin hatte – und ging mit Baum-Wohlfahrt und dem Video-Reporter Hönow weiter zum Ausgang. »Wir warten am Auto«.

Gerrit Lohse zog Felix am Ärmel auf die Seite und raunte ihm zu: »Endlich treffe ich dich an, Felix«, sagte sie scheinbar erleichtert. »Wenn du schon nicht mehr an unsere doch damals schönen Tage anknüpfen willst, dann hilf mir bitte aus meiner persönlichen Bredouille!«

»Die du dir damals selber eingebrockt hast«, sagte Felix, aber er hörte sich ihre Klagen an, dass ihr despotischer Mann sie unterdrücke und terrorisiere und sie sich von ihm völlig getäuscht sah. Sie wollte unbedingt weg von ihm, hatte aber Angst vor seiner brutalen Rache. Felix gab ihr den Tipp, sie solle etwas über ihn herausfinden, das ihn kompromittieren und sie ihn damit unter Druck setzen könnte. Sie sollte ihn ausspionieren und mit den Ergebnissen, die mit Felix Hilfe bei einem Notar hinterlegt werden, ihm drohen, diese veröffentlichen zu lassen, wenn er sie nicht gehen lassen wollte. Waldschütz war schließlich ein erbitterter Gegner und Amtskonkurrent von Staatspräsident Rainer Kreuter. Außerdem war er der Vorsitzende der Veganimal-Protect-Liga VEGAPROLI, einer ziemlich militanten veganen Tierschutz-Organisation, als dessen zweiter Vorsitzender Tierpark-Direktor Hopper für die Anerkennung der vegan gehaltenen Tiere als vollwertige Staatsbürger kämpfte.

Felix Krittin verabschiedete sich nach seinem Tipp von Gerrit Lohse und kehrte zum Auto der Gruppe zurück. Während sich ihr Fahrer Baum-Wohlfahrt auf den Weg zur nächsten Besuchsstätte machte, tippte Felix in kurzen Stichworten sein Gesprächsergebnis mit Gerrit Lohse in seine WhatsApp und sendete es auf Vanessas Smartphone. Sie nickte nur, als sie es empfangen und gelesen hatte.

Danach besuchten sie noch kurz das Veganitours-Reisebüro, dessen Inhaber Jacko Pohlow stolz darauf war, dass er bereits in fünf europäischen Ländern Verträge mit veganen Hotels und veganen Shuttle-E-Bussen abschließen konnte, damit Bürger aus Vegania endlich auch veganen Auslandsurlaub machen konnten.
»Außerdem haben wir hier auch schon drei von einem speziellen Schweizer Hersteller nach unseren Vorgaben hergestellte vegane E-Reisebusse zur Verfügung, die unsere Urlauber in Nachbarländer bringen. Nur mit dem veganen Fliegen haben wir bisher noch Probleme, aber wir haben bereits einen vegan produzierten Kurzstrecken-Jet mit Hybridantrieb bestellt und planen hier in Vegania einen eigenen kleinen veganen Airport für unsere zukünftige VEGAN FLY«, berichtete Pohlow begeistert.
»Mit Hybridantrieb welcher Art?« fragte Felix.
»Sprit – natürlich veganen Turbinen-Bio-Sprit – brauchen wir dabei nur noch zum Starten und für den Aufstieg des Jets und für den Reiseflug und das Landen reicht meistens

das Umschalten auf den Elektroturbinenantrieb. Lediglich bei starkem Gegen- oder Seitenwind muss manchmal noch der Spritantrieb beibehalten werden. Der Elektroantrieb bekommt übrigens zusätzliche Energie aus den Solarzellen der Tragflächen … ja, wir machen echte Fortschritte!« meinte er und zeigte der Gruppe stolz die Planmodelle des VEGAN FLY Jets und Airports auf dem Bildschirm seines Laptops.

Danach besichtigten sie noch kurz das PietaVegan Sargbau- und Bestattungsinstitut, das für vegan einwandfreie Beerdigungen der gestorbenen Veganier verantwortlich war – und die VeganGard-Feuerwache mit ihrem veganen Einsatz- & Löschfahrzeug, bei dem z.B. selbst die Wasserschläuche aus hochveganem Kunstfasermaterial gefertigt waren. Auch eine Veganol-Tankstelle fuhren sie noch kurz an, um deren verschiedene Veganol Biosprit-, Biogas- und Elektro-Zapfsäulen, deren vegane Tankschläuche und deren spärliches veganes Shop-Angebot in Augenschein zu nehmen.
Am Abend endlich brachte Vanessa Felix zu seinem Hotel und fuhr mit Baum-Wohlfahrt und dem Video-Reporter zurück.

Felix Krittin tippte in seinem Hotelzimmer im Hof Veganathal noch einige Fakten von seinen Besuchs- und Besichtigungsergebnissen in seinen Laptop. Danach duschte er, zog sich um und aß im Hotelrestaurant eine vegane Kleinigkeit zu Abend. Dann ging er hinaus, um noch »einen kleinen veganen Spaziergang« zu unternehmen.
Draußen um die Ecke wartete bereits – wie heimlich ver-

abredet – ein dunkelblauer Audi e-tron auf ihn. Vanessa winkte ihm und er stieg auf der Beifahrerseite zu ihr in ihren Privatwagen, der nicht in den staatsoffiziellen Farben Weiß-Grün gehalten war.

»Ich habe ein kleines, zurückgezogen liegendes privates Chalet am nahegelegenen Kuhpanzsee«, sagte sie lächelnd. »Da fahren wir jetzt hin«.
»Gerne. Da sind wir endlich wirklich mal privat und ungestört«, freute sich Felix.
»Ich habe dort auch noch ein kleines Elektro-Sportboot, aber dafür ist es heute wohl schon zu spät«, ergänzte sie.

Eine Viertelstunde später erreichten sie das hübsche dunkelgrüne Holz-Chalet mit weiß abgesetzten Fenstern und Türen und Blick auf den See, auf dem wenige Segel-, Ruder- und Elektroboote unterwegs waren – und machten es sich dort gemütlich. Es war auch vegan und modern, aber durchaus anheimelnd ausgestattet – mit offenem Kamin, in dem sie sich auch Feuer anmachten.
»Offener Kamin? Ist das denn in Vegania erlaubt?« wunderte sich Felix. »Die Veganier sind doch nicht nur strikt vegan, sondern auch umwelt- und CO_2-bewusst unterwegs?«
»Der Kamin hat einen Stickoxid- und CO_2-Filter, das habe ich genehmigt bekommen!« erklärte sie und holte einen veganen Rotwein und Gläser hervor. So empfanden sie den späten Abend noch als sehr schön und angenehm und er endete naturgemäß in Vanessas breitem, grasgrünen veganen Bett.
Nur eines hatten beide nicht bemerkt: Ganz in der Nähe

hinter den großen Eibenbüschen am Rande des Grundstücks stieg eine dunkle Gestalt wieder zurück in ein dort geparktes dunkles Auto und legte eine Telekamera und ein Richtmikrofon zurück auf den Beifahrersitz.. Dann entfernte sich das Fahrzeug leise summend und fuhr davon.

Vanessa und Felix standen am Morgen danach sehr früh auf, damit sie ihn rechtzeitig zurück zum Hotel bringen und eine Stunde später um 10.00 Uhr offiziell mit Ronny Baum-Wohlfahrt zusammen im Nissan Leaf wieder abholen konnte.

Felix Krittin betrat das Hotel durch den Seiteneingang und ging auf sein Zimmer, dessen Schlüssel er stets bei sich behielt. Als er dort seinen Laptop und seinen Sprachrekorder für seine Tagestour mitnehmen wollte, bemerkte er, dass beide Geräte in etwas anderer Position auf dem Sideboard platziert waren, als er es getan hatte. Und die jeweilige Position hatte er sich genau gemerkt, um eventuelle Manipulationen daran feststellen zu können.

Er rief daraufhin kurz seinen Verlagschef Ralf Vartheit an und berichtete, dass sie heimlich ausspioniert werden.

»Okay, das ist inakzeptabel«, meinte dieser entschieden. »Dann erscheint morgen mein vorbereiteter Leitartikel vorab. So etwas lassen wir uns nicht gefallen. Bleibe trotzdem dran an deinem Vegania-Report!«

»Klar, ich mache trotzdem unbeirrt weiter!« bestätigte Felix.

Nun, allzu viel anfangen konnten die Spione von Roger Scharff mit seinen gespeicherten Angaben über die bisherigen Besuche wohl nicht, denn er hatte darin noch kaum Bewertungen vermerkt. Aber einige wenige satirisch-sarkastische Stichworte schon – und einige Abstimmungs-Chats mit Vanessa.. Das könnte schon wieder ausreichen, um Schwierigkeiten gemacht zu bekommen, dachte er. Dann ging er hinunter und stieg zu Vanessa und dem grimmig-unfreundlich dreinschauenden Baum-Wohlfahrt in den Wagen.

»Wir fahren jetzt zunächst zum VEGANABAU-Markt, wo uns der geschäftsführende Inhaber und zugleich Vize-Vorsitzende der PicaVega-Partei empfangen und führen wird «, kündigte ihm Vanessa an und lächelte dabei vielsagend.

»Dieser dürfte unserem Anliegen allerdings eher ablehnend, wenn nicht feindselig gegenüberstehen. Aber eine Besichtigung ohne seine Führung wollte er grundsätzlich nicht erlauben!«

»Womit er Recht hat«, murmelte Baum-Wohlfahrt ergänzend und grinste killerhaft..

»Na, das kann ja heiter bis wolkig werden!« meint Felix nur.

»Zudem ist er ein enger Freund vom Vorsitzenden Rudi Kahl vom Veganat Veganistan und kein Freund von mir und meinem Vater«, erzählte Vanessa weiter.

Zwanzig Minuten später erreichten sie den nahe Liebenthal im Veganat Veganistan gelegenen VEGANABAU-Markt, zugleich Hauptniederlassung der aus drei veganen Baumärkten bestehenden Kette.

Auf dem großen Parkplatz mit hellgrün aufgezeichneten Autoparkflächen vor dem grün-weiß-braunen Gebäudekomplex fltzten einige Elektrokarren und E-Gabelstapler mit veganem Baumaterial herum, aber empfangen wurden sie diesmal draußen von niemandem.

»Nein, wir sollen direkt reinkommen ins Büro im Obergeschoss!« sagte Baum-Wohlfahrt und führte die Gruppe – ohne
den Video-Reporter Hönow – drinnen die Treppe hinauf.

Im Vorzimmer vom Geschäftsführenden Gesellschafter
Igor Waldschütz empfing eine an ihrem Schreibtisch sit-
zende grüngekleidete, grauhaarige Sekretärin die Besu-
cher, wobei sie Baum-Wohlfahrt freundlich mit »HeVegan,
Robby!« begrüßte, Vanessa und Felix Krittin jedoch keines
Blickes würdigte. »Ihr sollt gleich reingehen!« sagte sie nur
zu Baum-Wohlfahrt und zeigte mit dem Daumen über ihre
Schulter zur Tür.
Baum-Wohlfahrt klopfte kurz an, öffnete die Tür und
schob Vanessa und Felix Krittin ins Allerheiligste von Igor
Waldschütz.
»HeVegan, Ronny!« begrüßte dieser ebenfalls nur
Baum-Wohlfahrt. Der große breitschultrige, rotgesich-
tige Weißblonde stand hinter seinem Schreibtisch auf und
wies zu einer Ecke des L-förmigen Büroraumes, die von
einer Sichtblende aus durchscheinendem Reispapier mit
schwarzem Rahmen verdeckt war. Als sie um sie herum
nach hinten gingen, saßen dort auf einer hellgrünen Sitz-
gruppe bereits Roger Scharff und Rudi Kahl.

»HeVegan, Vanessa!« rief Scharff ihr sitzend entgegen.
»Bitte Platz zu nehmen! Wir müssen mal ein sehr ernstes
Wort reden!«
»Was soll das, Roger?« begehrte Vanessa auf. »Das ist ja
ein Unding, uns hier zu empfangen und gegen jede Ver-
abredung! Wir sind hier zu einer Besichtigungstour und
sonst nichts!«

»Du verkennst deine Lage, Vanessa! Ich sagte: Setze dich! Und Sie auch!« forderte er Felix Krittin auf, während Baum-Wohlfahrt sie jeweils zu den gegenüber stehenden Sesseln schob.

»Du hast uns mit deinem ausländischen, unveganen neuen Liebhaber Krittin eine Laus in den Pelz gesetzt und uns schmählich hintergangen, Vanessa!« fuhr auch Rudi Kahl sie mit scharfem Ton an und Roger Scharff fuhr fort. »Du gehst mit einem fremden unveganen Journalisten, der uns gar nicht gewogen ist, hier heimlich in unserem Vegania ins Bett, obwohl er ja außerdem schon mit Dunja Commanea angebandelt hat!« – »Und Sie, Krittin, nutzen diese Verbindungen schamlos aus, um uns in Ihrem späteren Artikel zu düpieren und schwerstens zu schaden. Da bleibt uns nichts anderes, als Sie auszuweisen, ist Ihnen doch wohl klar, oder?«

»Und für dich, Vanessa, gilt, dass du deine Zukunft in diesem unseren vorbildlichen Staatswesen verspielt hast – und das färbt auch auf deinen Vater, auf die ganze Kreuter-Sippe ab!« erboste sich auch Igor Waldschütz und sein Gesicht wurde noch röter. So geht das in diesem Staat nicht weiter! Wir werden nicht bis zur Neuwahl warten und deinen Vater und deinen Bruder per Misstrauensantrag aus ihren Ämtern kippen! Macht euch darauf gefasst!«

»Außerdem haben wir von einem Komplott erfahren, das Sie, Krittin, mit der Ehefrau von Igor Waldschütz ausgeheckt haben, um Herrn Waldschütz zu erpressen, seine Frau freizugeben. Reicht es Ihnen nicht, sich an Vanessa Kreuter und Dunja Commanea rangemacht zu haben?« rief dann Roger Scharff. »Das sind staatsgefährdende Machenschaften, die an Hochverrat grenzen! Sie sind wohl eher ein ausländischer Agent aus der BRD, die unseren selbständigen Staat wieder kippen und schlucken möchte?!«

»Ich hetze Ihnen auch meine besten Anwälte auf den Hals!« rief Waldschütz dazu. »Da können Sie Gift drauf nehmen. Man sollte Sie verhaften!«

»Komisch«, meinte Felix kopfschüttelnd. »Dauernd empfiehlt mir hier jemand, Gift zu nehmen«.

»Kann ich jetzt auch mal was dazu sagen?« platzte Vanessa wütend heraus und auch Felix Krittin rief:« Was ist das denn für ein Überwachungsstaat hier! Der erinnert ja an übelste vergangene Zeiten – da war ja wohl die DDR noch gemäßigt dagegen! – Sie haben nicht nur meinen Laptop und meinen Sprachrekorder angezapft – Sie haben mein Zimmer in Ihrem nicht ganz wanzenfreien Hotel mit Abhörsystemen versehen – Sie haben uns gestern anscheinend einen Spion zum Haus am Kuhpanzsee geschickt und scheinbar mir auch eine Wanze in mein gestern getragenes Jackett gesteckt, die mein Gespräch mit Gerrit Lohse übertrug! Nicht zu vergessen, dass man schon mein Auto vorübergehend gekidnappt hatte und die Sache mit dieser Dunja Commanea, die Sie gedreht haben!«

»Ist das alles ehrenwertes Handeln eines Polizeichefs und seiner Handlanger?« schimpfte Vanessa. »Was ist aus diesem Staat geworden? Immer totalitärer werdet ihr – nur weil eure veganfundamentalistische Ideologie bei vielen, vor allem in den Nachbarländern nicht ankommt? Das ist eine armselige, reaktionäre Politik!«

»Mich einfach verhaften zu lassen – sozusagen als unliebsamen Journalisten?« fragte Felix Krittin. »Wir sind hier doch wohl nicht in Tollistan, oder? Da sollten Sie mal etwas vorsichtiger sein, Herr Scharff! Mein Verlag wird aufgrund meines mündlichen Zwischenberichts ansonsten einen bereits vorbereiteten Bericht über diese aktuellen Machenschaften gegen meine Person und meinen Verlag morgen als Leitartikel herausbringen! Dieser wird sicher ein kleines politisches Erdbeben in Ihrem Kleinstaat und weiter darüber hinaus verursachen, das Ihnen nicht lieb sein kann!« erzürnte sich der Journalist.

»Also dass eines wohl klar ist, ist die Tatasache, dass Ihre Besichtigungstour in Vegania hiermit beendet ist!« rief Igor Waldschütz. »Ihr schäbiges Verhalten wird auch in unserer Presse seinen gebührenden Niederschlag erhalten – allerdings nicht mehr unter Vanessas Federführung!«

»Klar!« nickte Roger Scharff dazu mit geheuchelter Bedauermiene. »Auch diese Tätigkeit findet damit ihr Ende, Vanessa! Du hast es so gewollt!«

»Das hast du doch überhaupt nicht zu entscheiden, Roger!« regte sich Vanessa auf. »Ich bin von der Staatsführung unter meinem Vater dazu ernannt worden und nicht von euch!«

»Geht, geht, geht bloß!« Roger Scharff sprang auf und machte mit beiden Händen eine abwehrend winkende Geste. »Eure Tour ist hier zu Ende! Herr Krittin hat unverzüglich unter polizeilicher Aufsicht sein Hotel aufzusuchen und dort bis auf weiteres zu bleiben! Und du, Vanessa, mach' dass du nach Hause kommst – wir sprechen uns morgen gebührend!«

»Ja, dann wird aber auch mein Vater dabei sein – darauf kannst du dich verlassen!« entgegnete Vanessa und stand auf. »Komm', Felix! Wir gehen!« forderte sie ihn – nun mit seinem Vornamen duzend – auf.

»Ronny Baum-Wohlfahrt wird ihn zu seinem Hotel bringen und meinen Mitarbeiter mitnehmen, der dort auf ihn aufpasst, dass er das Hotel bis morgen Vormittag nicht verlässt!« kündigte Scharff an. »Und dich wird er zu Hause absetzen. Morgen mache dich dann auf was gefasst! Und den Laptop, Herr Krittin, überlassen Sie bitte Herrn Baum-Wohlfahrt!«

»Dagegen verwahre ich mich!« begehrte Felix auf. »Dazu haben Sie überhaupt kein Recht, mir mein Arbeitswerkzeug wegzunehmen!«

»Richtig, das meine ich auch, Roger!« sagte Vanessa scharf. »Das geht nun gar nicht!«

»Natürlich haben wir ein Recht darauf!« meinte Roger Scharff. »Ich bin in diesem Staate die Polizeigewalt und ich könnte den Laptop wegen missbräuchlichem Einsatz beschlagnahmen – Aber gut, meinetwegen. Aber dann wird Herr Baum-Wohlfahrt den Laptop bis auf weiteres für Herrn Krittin unbrauchbar machen, indem er ihn in geschlossenem Zustand mit einen Klebeband umklebt und versiegelt.«

»Das ist doch wirklich die Höhe, ist das!« erboste sich Felix erneut.

Scharff erwiderte: »Die Höhe der Eskalation haben Sie alleine verschuldet – so, und nun gehen Sie mit, ehe ich mich vergesse und Sie doch noch wegen Hochverrats inhaftiere!«

Vanessa und Felix fügten sich protestierend , aber bevor sie mit Baum-Wohlfahrt nach draußen gingen, kündigte Felix an: »Ich werde morgen nicht in Vegania bleiben und vorerst dieses unwirtliche Land verlassen. Und meinen Laptop, meinen Sprachrekorder und meine Unterlagen nehme ich mit – und Sie können mich überhaupt nicht daran hindern, nach Berlin zurückzukehren!«

»Gut!« nickte Waldschütz und Roger Scharff fügte hinzu:
»Dann verlassen Sie unseren Staat noch heute und bleiben
in Ihrem unsäglichen Berlin!«
»Nichts lieber als das!« meinte Felix und dann verließen sie
das Büro des VEGANABAU-Marktes.

Nachdem Felix Krittin sich von Vanessa mit einem kur-
zen Kuss verabschiedete und ihr versprach, sich wieder bei
ihr zu melden, stieg diese vor der Staatsveganei aus und
Baum-Wohlfahrt fuhr ihn weiter zum Hof Veganathal.
»So!« sagte dieser. »Jetzt checken Sie hier aus, holen Ihr
Zeug und verschwinden mit Ihrem unveganen Auto auf
dem schnellsten Wege aus Vegania! Ich werde mit meinem
Wagen hier draußen warten und Sie bis zur Grenze begleiten!«
»Praktisch also doch eine Art Ausweisung«, stellte Felix
fest.
»Sicher. Was haben Sie denn gedacht?« grinste Baum-Wohl-
fahrt schief..

***

Am nächsten Morgen fuhr Felix Krittin nach der Nacht in
seiner Wohnung wieder in den Verlag und berichtete alle
seine Erlebnisse und Ergebnisse seinem Chef Ralf Vartheit.
»Das sind ja alles tatsächlich haarsträubende Ereignisse«,
stellte dieser kopfschüttelnd fest. »Dabei schienen der
Staatspräsident und auch sein Sohn nach meinem letzten
Anruf vor drei Tagen halbwegs verständnisvoll!«
»Ja, aber in Vegania scheint unter der Decke auch ein
Machtkampf zwischen der gemäßigteren Regierungs-

partei Vita Vegan und der Opposition zu toben«, meinte Felix. »Und dieser Polizeichef Roger Scharff scheint sich allmählich von Rainer Kreuter weg zur zweitgrößten Partei PicaVega unter Rudi Kahl und diesem Igor Waldschütz zu bewegen. Schon aus Enttäuschung über Vanessa Kreuter, die seiner Zuneigung unzugänglich blieb.«

»Okay, alles klar!« meinte Ralf Vartheit entschlossen. »Morgen erscheint ja die nächste Ausgabe und darin dann auch mein Leitartikel, den ich jetzt nach unserem Gespräch noch etwas aktualisieren und verschärfen werde. Auf der Online-Seite steht er natürlich ebenso – mit der Möglichkeit für Leserkommentare!«

***

Im laufe des Tages rief Felix dann zweimal seine Freundin Vanessa an und erzählte ihr von dem Leitartikel. Sie fand das inzwischen in Ordnung, obwohl sie bereits von ihrem Vater und ihrem Bruder ins Büro zitiert worden war und beide sie gewarnt hatten, es mit Roger Scharff nicht auf die Spitze zu treiben. Er wollte mit dem Polizeichef vorerst selber reden und mäßigend auf ihn einwirken, um das MyLife aktuell Reportprojekt nicht gänzlich abzuwürgen und weiterhin zu ermöglichen.

Roger Scharff hatte ihren Vater bereits am frühen Morgen erregt angerufen und seinem Frust erbost freien Lauf gelassen – sogar mit Drohungen, im Wahlkampf die Fronten zu wechseln. Rainer Kreuter hatte ihm geraten, sich erst einmal zu fangen, ehe er mit ihm weiter reden wollte. Scharff dagegen wollte die »Schmeißfliege« Krittin auf keinen Fall mehr in seinen Staat dulden und im Verstoßfall ihn einfach verhaften und ausweisen zu lassen.

Am drauffolgenden Tag erschien deshalb dann Ralf Vartheits Leitartikel in der Print- und in der Online-Version. Es war ein schonungsloses Abrechnen mit den Machenschaften der Polizeiführung und der Oppositionsparteien im Kleinstaat.
Und es dauerte auch nur wenige Stunden, bis dann das von Felix angekündigte kleine Beben in Vegania losbrach. Sowohl bei Roger Scharff, Rudi Kahl, Igor Waldschütz als auch bei Milli Tantes und ihrer RogaPur-Partei.

Roger Scharff, Rudi Kahl und Igor Waldschütz trafen sich sofort zu einer Eilsitzung im Vegapol-Hauptquartier.
»Jetzt wird es höchste Zeit, dass wir politisch aktiv werden und eine radikale Umstrukturierung der Staatsspitze organisieren«, forderte Rudi Kahl.
»Diese wachsweiche Vita Vegan-Regierung unter der Kreuter-Sippe muss weg von der Staatsverantwortung!« bestätigte Waldschütz und Roger Scharff schlug vor: »Ich werde mich zur Speerspitze der neuen Bewegung machen und Rainer Kreuter über einen Misstrauensantrag zum Rücktritt zwingen. Aber dafür brauchen wir eine Mehrheit und die kriegen wir nur durch die Unterstützung einiger Anhänger von Milli Tantes!«
»Beteiligen wir doch Milli an einer möglichen Neuregierung, indem wir sie zur Oberaufseherin über die Ernährungswirtschaft Veganias als Staatssekretärin ernennen!« schlug Kahl vor.
»Damit willst du dich also als möglichen Staatschef-Nach-

folger in Stellung bringen?« fragte Waldschütz lauernd. »Ich wäre eher für Rudi!«

»Aber die neue Regierung muss eine starke polizeiliche Macht als Unterbau erhalten – und dafür stehe ich nun mal mit meiner Vegapol!« behauptete Scharff aufbegehrend. »Rudi kann aber mein Stellvertreter werden!«

»Ist egal – das sehen wir dann«, meinte Waldschütz abwinkend. »Zuerst müssen wir erstmal die momentane, in veganistischer Hinsicht schwache, ungenügende Kreuter-Regierung beseitigen!«

***

Aber zu gleicher Zeit tagte auch Milli Tantes im Veganat Roganeck bereits und strickte mit Vertretern der radikalen VEGAFRA-Aktivisten an einem ganz anderen Plan, die alte Regierung aus den Ämtern zu jagen.

»Wir wollen die Kreuter-Clique endlich durch einen militanten Putsch stürzen und Rainer Kreuter und seine Sippe vor Gericht stellen und zumindest in den Hausarrest zwingen!« forderte der in ihrer RogaPur-Parteizentrale hinzugezogene Chef der Veganen Armee-Fraktion VEGAFRA, Werwolf Rohkemper, und fügte an: »Wir können hierfür auch die nötige paramilitärische Unterstützung leisten! Ohne diese schafft ihr den Putsch nicht hart genug durchzusetzen! Scharfe Waffen sind bislang hier zwar laut der derzeit gültigen Verfassung verboten, aber Verbote kann man nachträglich aufheben, zumindest für die neue Staatsführung, die auf jeden Fall für den sozialistischen Vegankulturkampf gerüstet sein muss! Also Pistolen und automatische Gewehre werden sicher genügen, um genug Druck machen zu können – und die können wir ohne weiteres beisteuern!«

»Okay«, nickte Milli Tantes. »Und wie wollt ihr diese an der derzeitigen Vegapol vorbeischmuggeln?«

»Das lass' unsere Sorge sein, Milli. Wir haben schon ein paar verdeckte Kooperationswillige in der Vegapol. Das wird kein großes Problem!«

***

Während der nächsten Tage blieben Felix Krittin und Vanessa Kreuter nur in telefonischem Kontakt und über WhatsApp. Vanessa versuchte, über ihren Vater und Bruder mäßigend auf Roger Scharff und Rudi Kahl einzuwirken, aber diese sperrten sich gegen deren Anrufe – und schließlich waren sie gar nicht mehr für sie zu erreichen.

Felix dagegen bereitete im Berliner Verlagsbüro seinen in mehrere Folgen aufgeteilten Artikel über seine Interview- und Besuchsergebnisse in Vegania vor und gestaltete mit seinem Videospezialisten einen Interview- und Video-Report am Editor-Schnittplatz bis zur Sendefähigkeit. Nur seine Redaktionsassistentin Annalena Klett, mit der er bisher noch liiert war, machte ihm durch passiven Widerstand Probleme, nachdem er mit ihr Schluss gemacht hatte.

Mit seinem Chef Ralf Vartheit vereinbarte er – nachdem sie dessen Inhalte gemeinsam abgestimmt hatten, noch solange mit der Veröffentlichung zu warten, bis sich die Verhältnisse in Vegania wieder geordnet hatten und übersichtlicher wurden.

»Dein Problem mit Annalena habe ich entschärft, indem ich sie durch Umbesetzung gegen den jungen Jo Kellertor ausgewechselt habe«, erklärte Vartheit.

Aber Vanessa hatte inzwischen Sehnsucht nach ihrem neuen Freund Felix. Deshalb schlug sie ihm nach einer Woche vor, sie in ihrer Privatwohnung zu besuchen. Sie würde auch mit Hilfe ihrer vertrauten Assistentin Ramona Grüneburg für seinen unbehelligten Grenzübertritt sorgen. »Morgen hat ein mir gewogener Vegapol-Mann Grenzdienst und Ramona wird dich dort empfangen und dann zu mir bringen«, kündigte sie ihm an. »Bitte, komm' her, damit wir uns privat wie offiziell hier ungestört abstimmen können, Felix!« bat sie.

»Okay«, stimmte er zu. »Vielleicht kannst du mir von dort aus auch noch zu einem inoffiziellen Treffen mit deinem Vater verhelfen, damit wir das Ganze doch wieder in vernünftige Bahnen lenken können«.

»Ich werd's versuchen, Felix«, versprach sie ihm. »Aber komm' auf jeden Fall zu mir!«

Am nächsten Morgen, am Sonntag früh um 7.30 Uhr, kam Felix dann mit seinem Toyota Prius wieder am leeren Grenzübergang Veganathal an. Diesmal tat ein anderer, jüngerer Vegapol-Wachtposten Grenzdienst, der diesen gerade erst angetreten hatte und ihn zusammen mit Ramona Grüneburg schon erwartete.

»Ihr Auto lassen Sie am besten drüben auf dem Parkplatz vor der Grenze stehen«, riet ihm Ramona Grüneburg nach einer kurzen, freundlichen Begrüßung. »Dann kommen Sie zu Fuß rüber und steigen zu mir in meinen Renault Zoe.

Ich fahre Sie dann zu Vanessa Kreuter!« Der Grenzposten nickte dazu nur und grinste.

»Okay«. Felix tat, wozu sie ihm geraten hatte.

»Ich hoffe, es geht alles glatt!« meinte Ramona Grüneburg, als er bei ihr im Auto saß. »Irgend etwas Komisches ist hier in Vegania im Gange. Mir sind auf der Herfahrt mehrere schwarze Hybrid-SUVs begegnet, die nicht hierher gehören! Ich habe den Verdacht, dass diese von dem Vegapol-Mann reingelassen wurden, der vor dem jetzt Diensthabenden Nachtdienst hatte und meines Erachtens ein strammer Günstling von Milli Tantes ist!«

Und tatsächlich – als sie sich in Veganathal der Staatsveganei näherten, hatten Vegapol-Leute die weitere Zufahrtstraße dahin abgesperrt und sie mussten über einen betonierten Seitenweg ausweichen. Ramona rief daraufhin kurz Vanessa an und sagte dann: »Ich bringe Sie jetzt außen herum direkt zu Vanessas Stadtwohnung. Irgendetwas hier im Zentrum gefällt mir gar nicht!«

Zehn Minuten später erreichten sie die am Ortsrand gelegene private Reihenhaus-Wohnung von Vanessa. Diese erwartete sie schon vor dem Eingang.

»Kommt schnell rein!« empfing sie die beiden. »Ich habe gerade den Landes-Sender RTV-Veganus an. Da tut sich was Schlimmes!«

Drinnen setzten sich alle drei und starrten auf den großen Flachbild-Fernseher.

Ein Reporter und eine Reporterin berichteten aufgeregt: »Hier passiert gerade ein Putschversuch gegen unsere nationale Regierung! Milli Tantes und einige ihrer Stellvertreter haben zwanzig radikale Aktivisten von der VEGAFRA ins Land geholt und besetzen unter Waffenandrohung die Staatsveganei. Sie wollen sofort die Regierung stürzen und gewaltsam die Regierungsgeschäfte selbst übernehmen!«

Plötzlich wurde dem Berichterstatter von ins Studio eingedrungenen schwarzgekleideten VEGAFRA-Anhängern das Mikro entrissen und Milli Tantes trat ins Bild und ließ sich das Mikro reichen.

»HeVegan, Veganier!« rief sie laut. »Die Zeiten wachsweicher, inkonsequenter Vegan-Politiker werden für beendet erklärt!

Ab sofort übernehmen wir für einen endlich strikten veganistischen Kurs kommissarisch die Regierungsgewalt in diesem Staate, der immer mehr in verwässernde, unbestimmte Veganpolitik abgeglitten ist und fremden, unveganen Medien-Lakaien alle Türen und Tore öffnete!«

Sie hatte so laut getönt, dass sie neu Luft holen musste und rief dann: »Die bisherige inkompetente Regierung ist hiermit abgesetzt! Rainer Kreuter und sein sauberer Sohn wurden von uns festgenommen und werden unter bewachten Hausarrest gestellt!

Die Tochter Vanessa, die sich mit dem unveganen Fake-Presseheini vom MyLIfe aktuell Magazin aus Berlin auch privat eingelassen hat, ist zur Zeit noch nicht auffindbar und wird ebenfalls in Kürze unter Hausarrest gestellt, bevor der Kreuter-Sippe der Prozess gemacht wird!«

Sie holte erneut Luft und erklärte weiter:

»Und wer glaubt, mit Hilfe der Vegapol uns aufhalten zu

können, der irrt sich gewaltig! Der parteiische Roger Scharff wird von uns nicht anerkannt und ebenfalls abgesetzt!

Wir haben aber einige vegantreue Vegapol-Mitglieder gefunden, die bald die neue Vegapol endlich noch straffer führen werden als der mit der bisherigen Staatsführung verbandelte Roger Scharff! Und damit es keinen weiteren Widerstand in den bisherigen Reihen der Vegapol geben wird, soll uns eine vorübergehend bewaffnete Eskorte der befreundeten VEGAFRA-Bewegung unter Werwolf Rohkemper dabei unterstützen! Es lebe die veganistische Erneuerung Veganias!«

Dann plötzlich schaltete der Sender ab und der Bildschirm blieb schwarz, bis eine weiße Schriftzeile erschien: »Die neue souveräne veganistische Regierung Veganias beginnt ab morgen mit ihrem erneuerten RTV-Veganus und ihrem neuen Programm«.

»Ich habe es kommen sehen!« meinte Vanessa jetzt kopfschüttelnd. »Dieser Staat ist außer Kontrolle geraten! Ich muss mit meinem Vater und meinem Bruder Kontakt aufnehmen. Aber das können wir derzeit nicht von hier aus. Bestimmt tauchen die Radikalen bald auch hier auf, um uns festzunehmen. Wir müssen hier jetzt erstmal schleunigst raus aus Vegania!«

Ramona Grüneburg nickte aufgeregt: »Am besten, wir hauen jetzt sofort ab – mit meinem Auto, das ist hier nicht so bekannt!«

»Okay«, meinte Felix zustimmend. »Zumindest bis zu meinem Auto vor der Grenze. Und dann bringe ich euch direkt zu uns ins Verlagshaus.«

Sie beeilten sich, nachdem Vanessa schnell ein paar Sachen

in ihren Rollkoffer gepackt hatte, mit dem Renault Zoe auf Umwegen zur Grenzstation Veganathal zu kommen. Der befreundete Vegapol-Mann tat dort tatsächlich noch Dienst.

»In fünfzehn Minuten werde ich vorzeitig abgelöst und die Grenze wird abgeriegelt, hat man mir schon mitgeteilt. Ich soll auch niemanden hier mehr durchlassen«, erklärte er. »Macht also dass ihr jetzt ganz fix von hier wegkommt, sonst bekomme ich noch großen Ärger. Ich habe mitgekriegt, dass da gerade ein Putsch passiert ist. Am liebsten würde ich mitkommen, aber ich habe hier noch Familie!«

Und so schafften es Felix, Vanessa und Ramona tatsächlich, den unruhigen Mini-Staat gerade noch rechtzeitig zu verlassen und mit beiden Autos – Felix' Toyota Prius und Ramonas Renault Zoe – innerhalb einer Stunde das MyLife aktuell Verlagshaus in Berlin-Mitte zu erreichen.

***

Ralf Vartheit empfing die Drei mit dem Hinweis: »Gott sei Dank, ihr seid noch gut rausgekommen aus dem Chaos in Vegania! Kommt mal – ihr müsst das sehen, was sich da gerade im TV-Veganus tut!«

Der Staatssender war bereits in seinem Redaktionsbüro eingeschaltet – und auch Felix' bisherige Redaktionsassistentin Annalena Klett begrüßte sie dort kurz, aber zurückhaltend. Dann verabschiedete sie sich jedoch gleich mit der Bemerkung: »Na, da ist jetzt vielleicht was los! Aber jetzt entschuldigt mich, ich habe zu tun!« und mit einem beobachtenden Seitenblick auf Vanessa verschwand sie aus dem Raum.

Auf dem TV-Schirm hatte die Putsch-Anführerin Milli Tantes das Mikro in der Hand und verkündete: » ... der Revolutionsrat unter meiner Führung und der der wahren Veganier – der Roganier – hat die Amtsgeschäfte im bisherigen Staate Vegania übernommen und die bisherige, den Veganismus verwässernde Regierung unter Rainer Kreuter wegen Hochverrats abgesetzt!« erklärte sie stolz aufgerichtet. »Diese wird sich alsbald für ihr hochverräterisches Abdriften zu verantworten haben und für ihre illegale Kumpanei mit ausländischen Agenten, die sich unter dem Deckmantel von Journalisten – wie dieser Felix Krittin aus Berlin – eingeschlichen haben, um diesen Staat zu unterminieren.
Da sich die Kreuter-Regierungsmitglieder weigern, ihre Absetzung anzuerkennen, wurden sie bis auf Weiteres unter Hausarrest gestellt – bis auf die Tochter Vanessa des abgesetzten Präsidenten, die zur Zeit noch flüchtig ist!«

Ein Reporter kam nun mit ins Bild und fragte: »Was will denn die neue revolutionäre Führung z.B. anders machen als die bisherige?«
»Wir werden eine neue, von uns berufene Regierung unter den 100%-Veganern unseres Staates, den wir in Rogania umbenennen werden, in Kürze auswählen und einsetzen!« verkündete die Putschistin.
»Wir werden gleich auch noch einige alte Straßennamen, die inkonsequenterweise aus der Vor-Vegania-Zeit übernommen wurden – wie z.B. Jägerweg, Gerberstraße und Fischersteig – sofort in vollveganische Namen umbenennen.

Außerdem werden wir ein neues Veganistisches Iquisitions-Komitee gründen, das alle Staatsbewohner zu 100%igen Veganern bzw. Roganern umerziehen und deren vegangerechtes Verhalten überwacht wird! Auch einige angeblich vegane Experten unseres bislang inkonsequenten Gesundheitssystems, die verräterisch Schwangeren, Müttern mit Kleinkindern, pubertierenden Jugendlichen, Senioren und Kranken wegen angeblicher gesundheitsgefährdender Unterversorgung mit bestimmten Nährstoffen vom strikten Veganismuskurs abraten, werden wir entlarven, entlassen und zur Verantwortung ziehen. Diese wurden noch in der Vor-Vegan-Ära grundausgebildet und sind z.T. womöglich noch von der ausländischen Fleischindustrie und deren Handlanger-Medien geschmierte Schergen des Schweinesystems!

Und wer sich noch heimlich Milchprodukte aus dem Ausland hereinschmuggelt, wird im Internet von uns öffentlich zur Schau gestellt – mit der Aufforderung an bisherige Freunde, diese Individuen aus dem Freundeskreis zu entfernen! Ganz abgesehen davon, dass ihnen empfindliche Strafen drohen!« erläuterte Milli Tantes.

»Und wie wollt ihr zukünftig den Staat erfolgreich regieren?« fragte der Reporter, ein laut Vanessas Feststellung Anhänger der radikalen VEGAFRA.

»Durch straffe, konsequente veganistisch-roganistische Führung und entsprechend hochoptimierte Gesetze und deren strikte Durchsetzung!« erklärte die Tantes. »So, und das reicht jetzt erstmal für eine erste offizielle Erklärung. Das Interview ist hiermit beendet, liebe Staatsbürger des bisherigen Veganias!«

»Na, das kann ja heiter werden!« entfuhr es Vanessa, »Ich versuchte schon eine ganze Weile, meinen Vater und meinen Bruder per Handy bzw. WhatsApp zu erreichen, aber die scheinen ihre Smartphones gar nicht mehr zu haben. Es geht keiner ran – keinerlei Reaktion!«

Aber Roger Scharff konnte Vanessa dann auf seinem Smartphone erwischen.

»Roger, sag' mal – was ist denn da bei euch los? Das könnt ihr euch doch von Milli Tantes und ihrem Anhang nicht gefallen lassen! Und wie geht's meinem Vater und meinem Bruder?« redete sie auf ihn ein

»Die Tantes hat sich scharf bewaffnete Helfer von der Berliner VEGAFRA geholt und damit die Staatsveganei und den Sender besetzt. Uns wollten sie auch hier in der Vegapol-Zentrale stürmen, aber wir konnten uns hermetisch abriegeln. Sie kommen hier nicht rein«, meinte Roger Scharff in aufgebrachtem Ton. »Rudi Kahl ist auch hier bei mir, aber dein Vater und dein Bruder haben die wohl festgesetzt, ich konnte sie nicht erreichen!«

»Du also auch nicht«, murmelte Vanessa enttäuscht. »Und was wollt ihr jetzt tun?«

»Rudi und ich, wir waren bereits überein gekommen, dass es schon an der Zeit sei, dass dein Vater wegen seiner zu nachgiebig gewordenen, verwaschenen Politik von seinem Amt zurücktreten sollte – und damit sind auch die Positionen von deinem Bruder und dir selbst obsolet!« meinte Roger Scharff jetzt freimütig. »Wir streben ein offenes Misstrauensvotum gegen Rainer Kreuter an! Jetzt, wo du mit diesem Krittin auch noch nach Berlin zu diesem unsäglichen Verlag geflohen bist, bestärkt das mich noch mehr, dass unser Plan voll berechtigt ist!«

»Waas??« ereiferte sich Vanessa. »Ihr wollt ihm auch in den Rücken fallen? Das ist aber ein undemokratisches und schäbiges Vorgehen!«

»Glaube ich dir schon, dass du das nicht gut findest, aber so ist nun mal die Situation aus unserer Sicht. Ein Misstrauensantrag ist durchaus ein legitimes Mittel demokratischer Politik! Ich werde künftig deshalb auch Rudi Kahl als Amtsnachfolger unterstützen!«

»Also – steckst du mit hinter diesem Putsch jetzt – oder nicht?« wollte Vanessa ärgerlich wissen.

»Nein, natürlich nicht!« versicherte Scharff in scharfem Ton. »Die wollten uns anscheinend mit ihrem gewaltsamen Putsch zuvorkommen und uns mit ausbooten! Aber dagegen gehen wir vor, das kannst du mir glauben, Vanessa!« entgegnete der Polizeichef. »Wir organisieren das schon! Aber für deinen Vater kann und will ich auch im Moment nichts tun! Wenn wir den Putsch niedergeschlagen haben, kommen sie sowieso wieder frei – aber dann ins Exil!«

Vanessa beendete das Gespräch mit den wütenden Worten: »Ihr hört noch von mir! Ihr werdet euch wundern – wir haben schließlich noch einen guten Draht zur deutschen Bundesrepublik! Unser bisheriger Staatsvertrag basiert auf Sicherheitsgarantien der deutschen Regierung, die uns im Notfall beistehen wird!«

»Wenn du dich da nicht irrst! Die gelten nur bei einem bewaffneten Angriff auf unseren Staat von außen!«

»Na, und?« meinte Vanessa kühl. »Hier liegen Angriffe von außen und innen vor. Das reicht ja wohl! Schönen Tag noch, Roger!«

***

Am nächsten Morgen – nach einer gemeinsamen Nacht in Felix Krittins Wohnung – nahm Vanessa mit seiner und der Hilfe seines Verlagschefs Kontakt zum deutschen Außenministerium auf. Der für den Kontakt zu Vegania zuständige, noch junge Referent namens Siegbert Willich war über den aktuellen Stand bereits grob im Bilde.

Als Vanessa und Felix ihn in seinem Referatsbüro aufsuchten und die TV-Aufzeichnung von Milli Tantes' Erklärung vorführten, verwies Willich darauf, dass er in Ermangelung eines offenen militärischen Angriffs auf Vegania ihnen keine bundesdeutsche Militärhilfe über das Verteidigungsministerium zusichern könne.

»Aber wir könnten polizeiliche Hilfe aus dem Beistandspakt herleiten, denn hier greift ja kein Drittstaat Vegania an, sondern subversive, terroristische und bewaffnete Kräfte wie die VEGAFRA, die wir ja auch in Deutschland juristisch verfolgen«, erläuterte Willich. »Und dafür könnten wir mit Hilfe des Landes Brandenburg, in dessen Hoheitsgebiet Vegania eingebettet liegt, eine Bereitschaftspolizei-Einheit stellen, die allerdings von offizieller Vegania-Seite angefordert werden müsste!«

»Wie Sie wissen, ist die offiziell gewählte Staatsführung von den Rebellen festgesetzt und somit derzeit nicht in der Lage, Polizeihilfe anzufordern«, sagte Vanessa seufzend. »Aber kann nicht ich das als einziges außer Landes noch aktives Regierungsmitglied die Anforderung vornehmen?«

»Okay«, meinte Siegbert Willich nickend. »Da sehe ich eine Möglichkeit. Lassen Sie mich das soweit vorbereiten. Ich bespreche das mit meinen Vorgesetzten und dem Minister sowie mit der Landespolizei Brandenburg. Sie bekommen von mir umgehend Bescheid!« Er lächelte schließlich verschmitzt.

»Und hoffentlich grünes Licht!« war Felix' Kommentar.

»Aber was machen wir, wenn die Polizei von Vegania – die Vegapol unter dem scharfen Roger Scharff – selbst durch einen Gegenputsch das Geschehen in die Hand nimmt?«

»Dann kommt es auf eine Abstimmung zwischen der Vegapol und der brandenburgischen Polizei an, dass sie gemeinsam gegen die Rebellen vorgehen!« erklärte der Auslandsreferent für Vegania.

***

Während Roger Scharff und PicaVega-Parteichef Rudi Kahl im hermetisch abgeriegelten Vegapol-Präsidium festsaßen, überlegten sie, wie sie sich wieder befreien konnten. Denn die VEGAFRA-Aktivisten hatten beide Ein- und Ausgänge des Gebäudes mit bewaffneten und schwarzmaskierten Wachen besetzt.

»Wir haben noch im Ausbildungsflügel hinter der Staatsveganei eine z.T. bewaffnete Einheit von fünfzig Mann untergebracht. Die sind vielleicht im Moment noch frei«, fiel Scharff ein. »Die mobilisiere ich jetzt!«

Er rief den Ausbildungsoffizier Max Strammer vom Smartphone aus an.

»Meine Einheit hat zwar fünfzig Leute, aber nur zwanzig von ihnen sind mit Polizeipistolen bewaffnet. Aber wir werden mit allen fünfzig bei euch anrücken!« versprach Ausbildungsoffizier Strammer in strammem Ton. »Hier sind die VEGAFRAs noch nicht aufgetaucht. Wahrscheinlich wissen sie nichts hierüber!«

»Okay!« stimmte Roger Scharff zu. »Dann macht aber schnell, ehe sie das auch noch spitzkriegen!«

Zwanzig Minuten später schon tauchte die 50-Mann-Truppe mit zehn Einsatzwagen vor dem Präsidium auf. Doch die VEGAFRA-Wache von vier Mann, die vor dem Eingang postiert war, verschwand sofort ins Innere des Gebäudes und verriegelte alles hermetisch – auch den hinteren Eingang vom Wagen-Hof.

Die Vegapolizisten umzingelten zwar gleich das ganze Präsidium, aber sie kamen nirgends hinein. Roger Scharff telefonierte erst einmal in die Eingangshalle des Präsidiums. Dort meldete sich eine männliche raue Stimme nur mit »Was wollt ihr?«

»Mit wem rede ich?« wollte Roger Scharff in noch schärferem Ton wissen.

»Werwolf Rohkemper von der VEGAFRA im Auftrag von Milli Tantes und der RogaPur!«

»Wir verlangen sofortigen Zugang zu unserem Präsidium!« verlangte Scharff. »Ihr habt das illegal besetzt! Darauf wandert ihr in den Knast, so wahr ich Vegapol-Polizeichef bin!«

»Milli Tantes und wir haben jetzt hier das Sagen! Wir haben die alte unfähige Staatsführung abgesetzt! – Ich übergebe!« antwortete der VEGAFRA-Anführer Rohkemper.

Dann ertönte Milli Tantes' durchdringende Stimme aus dem lautgestellten Hörer:

»Ihr habt es gehört! Ihr seid abgesetzt – zur Rettung des Staates und des reinen Veganismus! Kehrt um und verschwindet! Wir werden hier für eine neue Veganistische Polizei sorgen!« rief sie erregt. »Hier kommt ihr jedenfalls nicht rein! Wir haben auch mit unseren Leuten die drei regionalen Veganei-Verwaltungen in Veganathal, Veganis und Roganeck besetzt und unter Kontrolle!«

»Ja, und?« fragten Roger Scharff und Rudi Kahl. »Wie soll es jetzt weitergehen?«

»Das beraten wir intern und teilen es euch morgen mit!« antwortete Milli Tantes. »Auf jeden Fall wird sich hier einiges grundlegend ändern!«

»Was ist mit Rainer Kreuter, der Staatsveganei und dem Sender?« wollte Rudi Kahl wissen.

»Bleibt alles vorerst besetzt und abgeriegelt. Die abgesetzte Regierung steht unter Hausarrest, bis die neue installiert ist!« meinte die Tantes überheblich. »Sie bleibt unter Zwangsverwaltung zur Aufrechterhaltung der Staatsordnung!«

Und so blockierten sich beide Kontrahenten-Gruppen gegenseitig. Die einen kamen nicht heraus und die anderen nicht hinein bis ins Innere der Polizeiführung.

***

Indessen waren auch Vanessa Kreuter und Felix Krittin nicht untätig. Sie trafen sich in Begleitung des deutschen Außenamtsmitarbeiters Siegbert Willich mit dem brandenburgischen Bereitschaftspolizei-Oberst Jens-Bert Brummer in Potsdam.

Willich hatte außerdem in Abstimmung mit dem deutschen Verteidigungsministerium den militärischen Berater Oberst Steuber hinzugezogen. Denn das Aktivwerden der Terrorismus-nahen VEGAFRA vom Ausland aus und deren Eindringen in Vegania bedrohte die Sicherheit des Staates Vegania – und im Angriffsfall bestand schließlich die Beistandspflicht der Bundesrepublik.

»Wir werden morgen eine Hundertschaft der Bereitschaftspolizei mit zehn Einsatzwagen und unter Bewaffnung nach Vegania schicken, um die Staatsführung und den Staatssender zu befreien!« versprach schließlich der Polizeioberst. »Statt der bisherigen Regierungsmitglieder wird dann die radikale Milli Tantes unter Hausarrest gestellt . Die VEGAFRA-Aktivisten werden in Gewahrsam genommen und sich in Berlin vor einem bundesdeutschen Gericht zu verantworten haben.«

Zufrieden mit dem Erreichten fuhren Felix und Vanessa zurück nach Berlin, um sich auf den kommenden Tag in Vegania vorzubereiten – sowie im Verlagsgebäude von MyLife aktuell einen aktuellen Bericht über die Putschsituation in Vegania zu verfassen und am nächsten Tag zu veröffentlichen. Das außerstaatliche Eingreifen der deutschen Polizei sollte selbstverständlich nicht vorher angekündigt und verraten werden.

Am nächsten Sonntag frühmorgens Punkt 4.00 Uhr war es soweit. Als alle Bürger Veganias noch fest schliefen, starteten die strategisch von Oberst Brummer, Siegbert Willich, Vanessa und Felix sowie der brandenburgischen Polizei-Hundertschaft vorbereiteten Maßnahmen zur Rückbefreiung der veganischen Regierungsmitglieder.
Ein Teil der Bereitschaftspolizisten rollte vor zur Grenzstation bei Hammer/Veganathal. Mit bewaffnetem Überra-

schungseffekt überrumpelten sie die drei dort wachenden, ebenfalls bewaffneten VEGAFRA-Besetzer. Diese ergaben sich vor Schreck und wurden von Oberst Brummer in einem von zwei mitgeführten Gefangenen-Transportern festgesetzt.

Ein zweiter Teil der Hundertschaft rollte unter Luftbegleitung eines in größerer Höhe fliegenden Eurocopter-Polizeihubschraubers und einer vorausfliegenden Beobachtungsdrohne sofort weiter hinein nach Veganathal bis vor die Staatsveganei.

Die Polizisten zogen schnell einen bewaffneten Ring um das Gebäude und den angrenzenden Anbau mit dem TV-Sender. Dabei konnten sie drei weitere VEGAFRA-Mitglieder, die vor dem Eingang wachten, unter Warnschüssen überwinden und festnehmen.

Die übrigen sieben VEGAFRA-Leute und die Putschisten um Milli Tantes hatten sich aber sogleich drinnen verschanzt und drohten damit, bei Eindringen der Polizei ins Gebäude sofort zu schießen.

Zur Warnung gab einer von ihnen sogar einen Pistolenschuss in die Luft ab.

Doch der Polizeihubschrauber schwebte inzwischen dicht über dem Dach des Gebäudekomplexes, der oben mit einer Art Dachgarten mit gläsernem Eingangserker zum Treppenhaus ausgestattet war.

Fünf SEK-ausgebildete Polizisten seilten sich gleichzeitig auf die Dachterrasse hinab. Die zwei VEGAFRA-Aktivisten, die auf dem Dach Wache gehalten hatten, schossen noch kurz auf den Helicopter, verfehlten ihn aber, rannten dann zum gläsernen Treppenhauserker, verschwanden darin, schlossen ihn ab und eilten die Treppen abwärts.

Die SEK-Leute mit Schutzwesten und -masken sprengten die Glastür des Erkers, stürmten die Treppe hinab und warfen Rauchgasbomben voraus. Dann hatten sie die hustenden VEGAFRA-Aktivisten überwältigt.. Der Rest im Inneren des Gebäudes war nun kein großes Hindernis für sie. Angesichts der Übermacht ergaben sich alle Putschisten, die Rainer Kreuter, Philipp Kreuter und weitere Regierungsmitglieder und -mitarbeiter im großen Versammlungsraum des Plenums festgesetzt hatten.

Um 5.15 Uhr endlich konnte Vanessa Kreuter ihren Vater und ihren Bruder erleichtert in die Arme nehmen.

»Gott sei Dank!« rief ihr Vater. »Gut, dass ihr zur Zeit des Putschistenüberfalls außerhalb Veganias wart. Herr Krittin, ich entschuldige mich für mein Misstrauen und meine Vorbehalte Ihnen gegenüber!«

»Vielleicht war es doch nicht so falsch, dass du dich mit der ausländischen Presse zusammengetan hast«, nickte auch ihr Bruder Philipp und bedankte sich für die Unterstützung durch Felix und Oberst Brummer.

»Noch dazu, wo uns Roger Scharff mit der Vegapol nicht unterstützt hat«, meinte der Staatschef. »Im Gegenteil – der wollte uns ja plötzlich in den Rücken fallen und zusammen mit Rudi Kahl unsere Regierung stürzen!«

»Damit dürfte dessen politisches Schicksal als Polizeichef nunmehr besiegelt sein!« meinte Philipp Kreuter nickend.

Danach wurde auch noch die wütend protestierende Milli Tantes hereingeführt, die sich bereits in Rainer Kreuters Regierungsbüro versucht hatte breitzumachen. Sie sträubte sich hin und her zerrend gegen die Polzisten.

»Frau Tantes! Ich lasse Sie hiermit offiziell wegen Rebellion, Staatsverrat und Freiheitsberaubung festnehmen!« rief Rainer Kreuter laut. »Oberst Brummer von der brandenburgischen Bereitschaftspolizei wird als vorläufig autorisierter Stellvertreter unserer Vegapol-Führung von mir dazu ermächtigt! Bis wir eine neu aufgestellte Vegapol-Polizeiführung installiert haben«.

Um 7.00 Uhr pünktlich zur Nachrichtenzeit wurde schließlich der befreite Staatssender TV-Radio Veganus wieder angeschaltet und Vanessa Kreuter verkündete als Regierungssprecherin die Beendigung des Putschversuchs durch radikale VEGAFRA-Aktivisten unter der Anleitung von Milli Tantes als Parteivorsitzende der veganistischen RogaPur-Partei.

»Die Regierungsgewalt liegt ab sofort wieder in den Händen der bisherigen Führung unter Rainer Kreuter und der Vita Vegan-Partei!« erklärte sie. »Da die Gruppe um Milli Tantes sowie die Führungsmitglieder der PicaVega-Opposition und der Vegapol – Rudy Kahl und Roger Scharff – mit jeweils eigenen Putschplänen am versuchten Sturz der Regierung beteiligt waren, wird unser Präsident Rainer Kreuter hierzu eine Ankündigung über das weitere Regierungsvorgehen machen. Ich übergebe hiermit das Mikrofon an ihn!«

»HeVegan, liebe Staatsbürger von Vegania«, meldete sich der Staatschef. »Das Heft des Handelns liegt wieder fest in den Händen unserer Staatsführung – dank Unterstützung des Berliner Auswärtigen Amtes und der brandenburgischen Bereitschaftspolizei, mit denen ein Beistandspakt besteht. Da jetzt jedoch durch den Putschversuch unklare Verhältnisse in der Arbeitsfähigkeit unseres Veganischen Parlamentes entstanden sind, werde ich morgen das bisherige Parlament auflösen und Neuwahlen für heute in vier Wochen ausrufen!« verkündete er. »Roger Scharff von der Vegapol wird hiermit solange von seinem Amt suspendiert und die Polizeiführung von mir als gleichzeitigem Innenminister kommissarisch übernommen – unter kooperativer Unterstützung durch Oberst Jens-Bert Brummer von der brandenburgischen Polizei. Vielen Dank – und bewahren Sie alle bitte weiterhin Ruhe und Geduld!« verabschiedete er sich von seinen Hörern und Zuschauern.

Dann – während ein Nachrichtensprecher die weiteren Nachrichten mit Einblendungen von beunruhigten Bürgern draußen vor der Staatsveganei übernahm, winkte er Vanessa, Philipp und Felix zu, mit in den Besprechungsraum nebenan zu kommen.

»Jetzt, wo sich unser Staat sozusagen vorübergehend in der Schwebe befindet, sollten wir keine Zeit verlieren und Nägel mit Köpfen machen«, erklärte Philipp Kreuter. »Wir sollten uns daher gleich morgen zusammensetzen und ein vernünftiges Programm für die Vita Vegan-Partei zur Neuwahl entwickeln. Nach neuester Umfrage geht vielen Bürgern Veganias die zu veganistische Entwicklung für das Alltagsleben inzwischen viel zu schnell – viele fühlen sich anscheinend damit überfordert.

Das aktuelle totalitäre Vorgehen der radikalen Putschisten wird ihnen nun noch mehr diesbezügliche Sorgen bereiten. Das sollten wir als Chance sehen, die Opposition zurückzudrängen und einen neuen toleranteren Regierungskurs anzustreben und zu propagieren!«

»Richtig«, bestätigte Vanessa ihrem Bruder. »Deshalb sollten wir – auch zusammen mit Herrn Krittin – ein entsprechend moderateres Regierungsprogramm erarbeiten, das zwar das vegane Leben weiter im Auge behält, aber wesentlich toleranter gegenüber allen bleibt, die keine 100%ig strikten, militanten Veganer sein oder werden wollen«.

»Herr Krittin ist aber kein Staatsbürger von Vegania und kann daher kein Regierungsprogramm mitentwickeln!« warf Rainer Kreuter ein.

»Nein, aber wir können ihn als kompetenten Kenner der aktuellen Verhältnisse in unserem Land und Staatsbürger der außenpolitischen Schutzmacht Bundesrepublik Deutschland mit einem Beraterstatus ausstatten«, betonte Vanessa selbstbewusst. »Darauf sollten wir Wert legen«.

»Darauf legst vor allem du als seine Liebhaberin Wert, ist mir schon klar. Aber ob das die Abgeordneten unseres Parlamentes akzeptieren, ist doch wohl sehr die Frage«, zweifelte ihr Vater.

»Lassen Sie sich doch von Ihrem Verlag und dem Berliner Außenamt gleichzeitig als bundesdeutscher Auslandskorrespondent für Vegania beauftragen!« schlug nun Philipp Kreuter als Auslandspolitiker vor. »Einer Akkreditierung bei uns in Vegania stünde dann eigentlich nichts im Wege!«

»Sehr guter Vorschlag, Philipp!« pflichtete Vanessa ihrem Bruder bei. »Was meinst du, Vater? Dann könnten wir ihn doch als außenpolitischen Berater mit an der Regierungsprogramm-Entwicklung beteiligen?«

Ihr Vater zögerte einen Augenblick nachdenklich – dann

nickte er jedoch zustimmend. »Wenn Sie die erwähnten Voraussetzungen schaffen bei Ihrem Verlag und dem Außenamt, sollte es wohl möglich sein. Wenn das nicht mit Ihrem neutralen Status als Journalist in Widerspruch gerät? Gut, meinen Segen hättet ihr dann«.

»Okay, das muss ich mit meinem Verlagschef klären«, nickte Felix überlegend. »Dafür müsste er mich wahrscheinlich mit einem speziellen Sonderstatus dafür ausstatten. Ich werde mich gleich morgen darum kümmern!« versicherte er. »Dann würde ich also – neben meiner Tätigkeit als stellvertetender Chefredakteur bei MyLife aktuell – deutscher Auslandskorrespondent in Vegania. Das ist eine Aufgabe – die reizt mich echt! Da freue ich mich direkt drauf!«

***

Noch am gleichen Nachmittag verfügte Staatschef Rainer Kreuter unter Einschaltung des Generalstaatsanwalts Roland Fassnacht, der ebenfalls der Vita Vegan-Partei angehörte, die Überstellung der rund zwanzig verhafteten ausländischen VEGAFRA-Aktivisten an die bundesdeutsche Justiz in Berlin, damit sie dort unter Anklage gestellt werden konnten. Außerdem verwarnte er Rudi Kahl und Igor Waldschütz wegen ihrer undemokratischen Versuche, die Regierung zu stürzen – und Milli Tantes ließ er sich persönlich vorführen.

»Was Sie getan haben, Frau Tantes, ist kriminell – gewaltsame Rebellion, Freiheitsberaubung und Hochverrat!« erklärte er ihr. »Dafür müssten Sie vor Gericht gestellt werden. Darauf stehen bei uns mindestens fünf Jahre Haft!«

»Typische Reaktion einer unfähigen Regierungsclique – politische Gegner einfach in den Knast zu sperren«, meinte Milli Tantes und blickte verächtlich vor Rainer Kreuters Füße auf den Boden. »Jetzt werdet Ihr totalitärer als Ihr mir immer vorwerft! Meine Parteigenossen werden entsprechend reagieren, macht Euch darauf gefasst!« drohte sie.

»Halten Sie sich gefälligst mit solchen Drohungen zurück, sonst lasse ich Sie wirklich in Haft gehen!« grinste der Staatschef abschätzig. »Aber damit wir beweisen, dass wir keineswegs etwas von totalitären Maßnahmen halten und Ihrer Partei die Möglichkeit einräumen, sich auf demokratischem Wege zu erneuern, bieten wir Ihnen – und zwar nur einmalig jetzt und hier – eine Amnestie unter bestimmten Bedingungen an!«

»Amnestie?« wunderte sich die Tantes. »Tatsächlich? Und welche Bedingungen sollen das sein?« wollte sie wissen.

»Dass Sie offiziell – mit der Begründung, einen gescheiterten Putschversuch unternommen zu haben – von Ihren Ämtern als Parteivorsitzende und Roganecker Veganats-Kreisvorsitzende sofort zurücktreten und den Staat Vegania innerhalb von 48 Stunden verlassen – zumindest bis die von uns ausgerufenen Neuwahlen stattgefunden haben.

Ihre Partei muss also einen neuen Vorsitzenden bestimmen – und Sie könnten nach der Wahl als Bürgerin und einfaches RogaPur-Parteimitglied wieder einreisen. Sobald Sie sich jedoch wieder an putschistischen Plänen beteiligen sollten, wird die Amnestie ausgesetzt und Sie landen doch noch im Knast!« erläuterte Rainer Kreuter ihr mit scheinbar freundlichem Grinsen.

»Und zu solch wahnsinnigen Forderungen soll ich auch

noch zustimmen?« ereiferte sich Milli Tantes aufbegehrend. Sie haben wohl nicht alle …?«

»Natürlich können Sie sich weigern!« schnitt ihr der Staatschef das Wort ab. »Dann wandern Sie eben sofort in den
Knast und die Amnestie können Sie in den Wind schreiben!« bedeutete er ihr grinsend.

Einen Moment lang wurde es still und es arbeitete sichtbar
in Milli Tantes Mienenspiel. »Verdammt noch mal – das ist
doch klare Erpressung! – Aber ich bin nun mal wohl in eurer dreckigen Hand. Von mir aus – ja,ja, ihr habt meine Zustimmung, was bleibt mir denn im Moment anderes übrig!«

»Nicht nur im Moment! Ja, das hätten Sie sich besser früher überlegen sollen«, zuckte Rainer Kreuter die Schultern
und bedeutete den beiden deutschen Polizei-Wachbeamten,
Frau Tantes hinauszubegleiten und nicht eher von ihr zu
weichen, bis sie offiziell im TV-Veganus ihren Rücktritt erklärt und Vegania verlassen hat.

Danach empfing er auch noch seinen bisherigen Polizeichef
Roger Scharff und erklärte ihm offiziell seine Suspendie-
rung.

   »Sehr schade, dass du mir bzw. uns so in den Rücken
gefallen bist und auch noch die Partei wechseln willst«,
schüttelte er traurig den Graukopf. »Ich dachte, seitdem
wir gemeinsam diesen außergewöhnlichen Staat gegründet
haben, wir wären Freunde. War wohl ein Irrtum. Wahrscheinlich bist du völlig aus dem Gleis geraten, weil du nicht
bei Vanessa landen konntest und außerdem einen Rochus
auf ihren neuen Freund Felix Krittin hast.

Eine private Niederlage muss ein charakterfester Polizeichef aber hinnehmen können, ohne völlig aus dem beruf-

lichen Häuschen zu geraten. Tut mir leid, deine Karriere hast du dir selbst versaut und unsere Freundschaft auch. Sieh' zu, dass du dich irgendwann noch mal wieder fängst, sonst sieht deine Zukunft düster aus!«

»Ihr könnt' mich alle mal!« meinte Roger Scharff gar nicht mehr scharf und schlug die Tür des Regierungsbüros hinter sich dafür umso schärfer ins Schloss.

***

Die folgenden Tage verbrachten Felix und Vanessa zunächst damit, mit seinem Verlagschef Ralf Vartheit zu besprechen, dass dieser ihn zum Auslandskorrespondenten von MyLife aktuell ernannte. Mit Unterstützung von Siegbert Willich vom deutschen Auswärtigen Amt konnte er dann in dieser Funktion auch offiziell von Veganias Staatsregierung akkreditiert werden. Damit erhielt Felix Krittin auch die Erlaubnis, einen zweiten Wohnsitz in Vegania nehmen zu dürfen.

Doch zunächst bat ihn Vanessa, erst einmal zu ihr mit in ihre Veganathaler Reihenhauswohnung zu ziehen, da diese groß genug für zwei war. Dort quartierte er sich in deren Gästezimmer ein. Da Vanessas Schlafzimmer über ein sehr breites Bett verfügte, brauchte er sein Zimmer aber kaum zum Übernachten.

Dann, am Tag als ihr Vater vor laufender Kamera des TV-Veganus- und des bundesdeutschen Fernsehens im versammelten Plenar-Saal das Veganische Parlament für aufgelöst erklärte und Neuwahlen für einen Monat später ausschrieb, waren auch Vanessa und Felix dabei.

Natürlich gab es Aufruhr im Plenar-Saal unter den Anhängern von Rudi Kahls PicaVega-Partei, in die nun auch Roger Scharff übergetreten war, was sie als Erfolg feierten. Erst recht unter den RogaPur-Anhängern, die unter Protest gegen die Ausweisung von ihrer Führungsfigur Milli Tantes zwangsläufig einen kommissarischen Nachfolger namens Dolf Bregenz bestimmten. Dieser »Dollbregen«, wie politische Gegner ihn zu nennen pflegten, war praktisch als genauso intolerant und militant verschrien wie seine Vorgängerin.

»Wir werden dieses schmähliche Abservieren von Milli Tantes durch die korrupte Kreuter-Clique keinesfalls hinnehmen!« rief er vor den laufenden Kameras. »Ich trete jetzt zwar an ihrer Stelle stellvertretend zur Wahl an, aber wir werden mit allen Mitteln nach der Wahl dafür sorgen, dass sie wieder mit an unsere Parteispitze tritt, damit wieder Recht hergestellt wird und Vegania eine gestärkte Opposition oder sogar eine radikale Koalition bekommt! Eine die den rechten Führungscliquen in unserem Staat die Leviten liest! Vegania muss strikt veganistisch bleiben bzw. wieder werden! Mit aller Konsequenz, dafür werden wir kämpfen!« erklärte Bregenz breitbeinig vor den Abgeordneten. »Seid still, ihr Veganazis!« brüllte Rudi Kahl aufgebracht. »Ihr werdet hier nie regieren und sollt als Opposition versauern! Wir von der PicaVega werden aber mitregieren und irgendwann allein regieren – und dann Gnade euch sonst wer!«

»Der ist auch so einer, der meint: ›Jeder Mensch hat ein Recht auf meine Meinung‹. Das kann ja ein heiterer Wahlkampf werden«, meinte Felix Krittin – und zu Vanessa: »Aber wir sollten ein Regierungsprogramm entwickeln, das den Radikalos und Rudi Kahlos den Boden entzieht und eine neue Basis für solche vernünftigen Veganer schaffen, die flexibel und tolerant gegenüber Anderslebenden einen attraktiven Veganier-Staat vorleben, aber nicht aufzwingen wollen! Der Veganismus der Radikalos erhebt sich praktisch selbst zu einer Art Religion, die bis in die Selbstzerfleischung als Hauptzweck ihrer Hypermoralisierung geht und somit die Moral ad absurdum führt!«

»Ja, wir wollen keinen moralischen Totalitarismus in unserem Land«, bestätigte ihm Vanessa.

Und so verabredeten Vanessa und Felix sich für den nächsten Tag mit Rainer und Philipp Kreuter, gemeinsam mit der Entwicklung eines für tolerante Vegetarier, Flexitarier und Veganer attraktiven Wahl- und Regierungsprogrammes zu beginnen.

Darum entwarfen sie tatsächlich in den nächsten Tagen ein neues Partei- und gleichzeitiges Regierungsprogramm, das im Kern folgende Inhalte enthielt:

Das vegane Staatsprogramm von Vegania sollte keinen absolutistischen Charakter mehr haben, sondern lediglich einen toleranteren Entwicklungsweg aufzeigen – vom einfachen, zunächst nur vegetarischen oder flexitarischen Einstieg bis hin zum späteren veganen Lebensstil. Mit anderen Worten: Jeder kann Veganer sein oder werden, so weit er will. Aber auch Vegetarier und Halbvegetarier – sog. Flexitarier – sollen toleriert werden. Alle militanten Paragraphen werden abgeschafft. Vegan ist nur noch das Ziel, aber nicht Startbedingung für das Leben im Staat, also auch nicht für alle verwendeten Produkte und Tier-haltungen.

Striktes 100%ig veganes Leben sei wegen der vielen noch bestehenden und unumgehbar notwendigen Ausnahmen heute sowieso noch nicht möglich und somit Utopie.

Mit einem solchen Parteiprogramm sollte die bisherige Mitgliederstagnation überwunden werden, indem auch Interessenten außerhalb der Staatsgrenzen – so z.B. in Berlin – hinzugewonnen werden. Interessenten, die unter den neuen attraktiveren Bedingungen mittelfristig zu Bürgern des Staates Vegania werden wollen und somit auch den toleranteren Staatscharakter stärken helfen. Vegane Einrichtungen und Produkte, die derzeit in Vegania bereits im Einsatz oder Gebrauch sind, sollen weiterhin genutzt und allmählich auch erweitert und vermehrt entwickelt werden, aber nicht ausschließlich.

Ältere Veganer sollen Neuveganern den veganen Lebensstil als – soweit diese es akzeptieren können – Vorbild vorleben, aber nicht aufzwingen wollen. Der Weg ist das Ziel, und das Ziel sei nicht absolute 100%, sondern für jeden persönlich so hoch, wie er es selber akzeptabel finden kann.

Ein solches Veganier-Programm – mit einem jeweils persönlichen Ziel und einen allseits im Staat tolerierten persönlichen Entwicklungsweg dahin bringe wesentlich mehr Attraktivität des Staates Vegania nach innen und außen. Es mache den Einstieg leichter und den persönlichen Entwicklungsweg stressfreier durch offiziell garantierte Toleranz. Die Radikalität der oppositionellen militanten Roga-

Pur-Anhänger soll weiter bekämpft werden, aber mehr im Wettbewerb zwischen Toleranz und Intoleranz, im Fall von aggressiven Intoleranzäußerungen und -maßnahmen jedoch gesetzlich geahndet werden.

»Das Gleiche sollte auch im Verhältnis zu den nicht ganz so radikalen PicaVega-Anhängern gelten, da wir von der Vita Vegan-Partei die absolute Mehrheit anstreben und gerne alleine die Regierung stellen wollen«, meinte Philipp Kreuter. »Aber wenn es dazu nicht reichen sollte, müssten wir mit denen eine Koalition eingehen – oder die Verfassung und das Wahlrecht ändern, dass die stärkste Partei allein regieren kann!«

»Zur Verfassungsänderung brauchen wir weiterhin eine Zweidrittelmehrheit – und die werden wir allein nicht schaffen«, zweifelte sein Vater Rainer Kreuter.

»Da Roger Scharff von der Vegapol nun auch noch zur PicaVega übergetreten ist, wird die PicaVega-Führung unter Rudi Kahl sicher versuchen, in einer Koalition die Polizeiführung an sich zu ziehen«, warf Vanessa ein.

»Das werden wir im neuen Regierungsprogramm weiterhin so festlegen, dass die stärkste Partei den Zugriff auf die Vegapol behält!« stellte Rainer Kreuter klar. »Dafür werden wir unseren neuen Polizeichef aus unserer Partei wählen«.

»Okay, dann hätten wir soweit alles Wichtige für unsere Wahlwerbung festgelegt«, meinte Vanessa abschließend. »Dazu werden Felix und ich noch heute beginnen, die Texte, Fotos und Werbetools auszuarbeiten!«

»Klar, dabei helfe ich auch gerne als Wahlberater und Texter im Auftrag !« bestätigte Felix Krittin. »Aber mehr inoffiziell, denn ich bin ja trotzdem weiterhin Ausländer«.

***

Die nächsten drei Wochen in Vegania waren erfüllt vom relativ kurzen, aber z.T. heftigen Wahlkampf. Jede der drei Parteien hatte ihre eigenen Slogans vor allem auf Plakaten und Flyern verbreitet.
Während die beiden Oppositionsparteien der Vita Vegan mit mehr oder weniger scharfen Parolen auftraten, warb Rainer Kreuters Vita Vegan mit folgenden Slogans und Aussagen:

»Auf tolerantem Veg zum Ziel! – Der Veg ist das Ziel zum Veganen Leben:
Streben & streben lassen heißt unser Motto.
Vita Vegan: Vom Flexitarier zum Vegetarier zum Veganer –
In maßvollen Schritten!«

Rudi Kahls PicaVega trat schon einen Zahn strikter auf:
»Veganismus pur ist unsere Natur! Alles darunter ist Tierleid pur!
PicaVega – punktgenau vegan und sonst nichts«.

Und Roganecks Partei – nunmehr ohne Milli Tantes – setzte noch mächtig eins drauf:
Kompromisslos vegan – rogan – frugan!
Kampf allem Weichei-Veganertum!
RogaPur und RogaFruga Partei. Kompromisslos. Alternativlos.«

Rainer und Philipp Kreuter tourten während ihres Wahlkampfes durch alle drei Veganate, wobei sie natürlich in Roganeck nur mit einer Reihe getreuer Vegapol-Polizisten den Wahlkampfplatz kampflos betreten konnten und außer Buh- und Nieder mit-Rufen keine offenen Reaktionen ernteten.

Auch Vanessa – mit Felix Krittin im Hintergrund als Berichterstatter – trat außer in Veganathal und in Veganistan, wo sie z.T. angefeindet wurden, zusätzlich noch in Oranienburg und sogar in Berlin-Mitte auf, um ihre Wahlreden vor geladenen Interessenten zu halten. Gerade außerhalb von Vegania fanden ihre programmatischen Auftritte sogar einigen positiven Widerhall, ebenso natürlich im Veganat Veganathal.

Am Sonntag nach den drei Wahlkampfwochen war dann die Wahl mit je einem Wahllokal in jedem Veganat. In Roganeck kam es zu versuchten Einflussnahmen direkt auf die Wähler vor Ort, ja nichts anderes zu wagen als die RogaPur zu wählen. Doch auch am Wahllokal in Veganathal, vor und in dem VeganTime One Lokal, veranstalteten RogaPur-Anhänger unter Führung des »Dollbregen« Dolf Bregenz einen regelrechten Tumult.

»Nieder mit den Weichei-Veganern Rainer, Philipp und Vanessa Kreuter!« skandierten sie und warfen grüne Farbbeutel in den Saal. »Wählt kompromisslos-alternativlos veganistisch, roganistisch, fruganistisch – oder ihr verwirkt euer Aufenthaltsrecht im Veganistischen Volksstaat Vegania!« drohten sie, bis sie von der Vegapol nach draußen gedrängt wurden.

»Wir verlangen die Rehabilitation und Wiedereinsetzung von Milli Tantes in ihr Amt!« forderten sie und plötzlich tauchte Milli Tantes tatsächlich auch wieder in ihren Reihen auf, obwohl sie von Rainer Kreuter bis nach der Wahl aus Vegania verbannt war.

»Rainer Kreuter, du Verbrecher und willkürlicher Rechtsbrecher, trete endlich ab mit deiner Familien-Clique!« rief sie mit zwei erhobenen Fingern als Siegeszeichen. »Mich und uns kriegt ihr hier nicht weg! Wir werden diesen Staat von euch inkonsequenten, korrupten und dekadenten Polit-Weicheiern säubern, darauf könnt ihr Gift nehmen!« schrie sie noch, als sie von der Vegapol erneut festgenommen und aus dem Saal geführt wurde.
»Nimm es doch lieber selbst, dann tust du wenigstens ein gutes Werk !« empfahl ihr Philipp Kreuter hinterher.

***

Während des Wahltages, an dem sämtliche Partei-Angehörigen mit dessen Abwicklung beschäftigt waren, hatte Felix Krittin als offiziell Nichtbeteiligter etwas anderes zu tun.
Er hatte nämlich am Tag zuvor von Vanessas Assistentin Ramona Grüneburg gehört, dass Igor Waldschütz, der Pica-Vega-Politiker und rigorose Ehemann von seiner Ex-Freundin Gerrit Lohse, seine Ehefrau zu Hause geschlagen und eingesperrt hatte, nachdem er von deren Absetzplänen erfahren hatte.

Während ihr Mann in Veganis noch auf seiner letzten Wahlkampftour war, fuhr er mit einem E-Taxi nach Veganis zu ihr und schaffte es, sie mit Hilfe eines von außen aufgehebelten Kellerfensters aus ihrem Gefängnis-Zuhause zu befreien

In Veganathal wechselten sie unbemerkt das Auto gegen seinen Toyota Prius und fuhren nach Berlin-Wilmersdorf zu Gerrits Schwester, die allein in ihrer Wohnung lebte. Sie war darüber so dankbar, dass sie ihn gar nicht wieder loslassen wollte.

»Felix, lass uns unbedingt wieder zusammen da anfangen, wo wir unser Zusammensein leider aufgehört haben! Ich bedauere es so sehr, dass ich das alles ab sofort wieder gut machen will und werde!« bat sie ihn fast flehentlich und hängte sich fest in seinen Arm.

Felix machte sich aber sanft wieder frei und erklärte ihr: »Ich weiß, du willst es nicht wahrhaben, aber ich bin längst jetzt mit Vanessa Kreuter zusammen. Und ich gedenke das auch fortzusetzen. Unser Verhältnis hattest du seinerzeit beendet und so sollte es auch bleiben. Ich habe dir nur jetzt geholfen, weil du mir leid tatest, deinem brutalen Mann ausgeliefert zu sein. Damit ist jedoch mein Teil des Entgegenkommens erledigt. Bitte finde dich damit ab!«

»Ich kann das aber nicht so einfach«, schüttelte sie den Kopf. »Du musst dich weiter um mich kümmern. Was soll ich denn jetzt machen, wovon soll ich leben?« jammerte sie fast und klammerte sich erneut an ihn. »Du kannst dafür alles von mir haben!«

»Das will ich gar nicht«, entgegnete er und streifte ihren Arm wieder ab – und als ihre Schwester Arnheid in den Wohnungsflur trat, verabschiedete er sich schnell und verschwand aus der Tür. »Lass dir doch von deiner Schwester helfen, dafür habe ich dich schließlich hierher gebracht«, waren dabei seine vorerst letzten Worte.

»Aber wir sind doch noch nicht miteinander fertig!« rief sie noch, aber das hörte Felix schon nicht mehr.

***

Am Sonntag Abend war es dann schließlich soweit, dass die amtlichen Wahlergebnisse in Vegania im Fernsehen – wie auch in den bundesdeutschen TV-Sendern – bekannt gegeben wurden.

Felix Krittin war bei Vanessa Kreuter als deutscher Berichterstatter mit im Wahlstudio und durfte somit auch die Ergebnisse kommentieren.

Es war ein Sieg von Rainer Kreuters Partei, der Vita Vegan, auf ganzer Linie. Seine Partei hatte von der Fast-Minderheitsregierungspartei mit 50% den 10%-Sprung zur absoluten Mehrheit mit 60% geschafft und war damit nicht mehr auf eine Koalition mit Rudi Kahls und Roger Scharffs PicaVega angewiesen. Diese hatte einen Absturz von 41% auf 34% und die radikale RogaPur einen Rückgang von 8% auf 5% zu verzeichnen.

Da mit der Wahlabstimmung aber auch die Beliebtheitsskala (+10 bis -10) der führenden Parteimitglieder abgefragt worden war, hatte sich innerhalb der Regierungspartei Vita Vegan eine Verschiebung angedeutet: Die Beliebtheit von Staatschef Rainer Kreuter war zugunsten seiner beiden Nachkömmlinge vom Skalenwert +8 auf +4 zurückgefallen. Philipp Kreuter stieg dagegen von +5 auf +9 und Vanessas Werte waren von +4 auf +8 angestiegen.

Daraufhin wurde am Montag bei der ersten Kabinettssitzung eine Regierungsumbildung bekannt gegeben: Rainer Kreuter trat als Regierungschef zurück und machte den Weg frei für seinen Sohn Philipp als Nachfolger. Dafür übernahm Rainer Kreuter das Amt des Innenministers und neuen Polizeichefs – und zur Außenministerin wurde seine Tochter Vanessa ernannt.

Jedoch auch in den beiden Oppositionsparteien veränderte sich einiges: Rudi Kahl wurde von der PicaVega als Vorsitzender abgewählt und dafür rückte der ehemalige Polizeichef Roger Scharff an dessen Stelle. Und bei der radikalen RogaPur wurde Milli Tantes entgegen ihrer Erwartung nicht wieder aufgestellt; dafür übernahm »Dollbregen« Dolf Bregenz den radikalen Oppositionsvorsitz. Milli Tantes drohte ihm allerdings, dass sie immer noch einflussreiche Freunde und Unterstützer bei der deutschen VEGAFRA habe, mit deren Hilfe sie wieder die Opposition »aufmischen« werde.

***

Einige Tage später folgte dann die offizielle Amtseinführung der neuen Regierungsmitglieder im Plenum der Staatsveganei. Dabei formierten sich auch die neuen Führungen der Oppositionsparteien PicaVega und RogaPur. Natürlich waren zudem die Medienvertreter aus Vegania und dem nahen Berlin anwesend. Diese wollten über die positiven Veränderungen in der Republik Vegania berichten, insbesondere über die neue moderatere Verfassung, deren Kernpunkte laut verlesen wurden.

Als Philipp Kreuter im Beisein seiner inzwischen Verlobten Ramona Grüneburg, der bisherigen Vertreterin von Vanessa Kreuter, unter Protestgejohle der Opposition als neuer Staats- und Ministerpräsident vereidigt wurde, sollten Rainer Kreuter als Innenminister und Vanessa als Außenministerin in ihren neuen Ämtern bestätigt werden. Doch nun kam es zu einem von der PicaVega initiierten Eklat: Roger Scharff und Igor Waldschütz stürmten auf die Tribüne und riefen lauthals:

»Wir protestieren entschieden gegen diese Amtseinführungen! Dieses ganze reaktionäre, rigorose und damit undemokratische Vorgehen der angeblich sauber gewählten Vita Vegan-Führung gehört gestoppt und vor einen von der Opposition geleiteten Untersuchungsausschuss!« rief der neue PicaVega-Vorsitzende Roger Scharff – und Igor Waldschütz fuhr laut fort:

»Außerdem liegen uns Beweise vor, dass die Kreuter-Sippe die ungesetzliche, verbrecherische Entführung von meiner Frau Gerrit Lohse-Waldschütz aus unserem Privathaus an einen unbekannten Ort decken, für die dieser kriminelle, unvegane Journalisten-Schmierfink Felix Krittin in unserem Staate direkt verantwortlich ist!

Da oben sitzt er neben Vanessa, die sich nicht zu schade ist, mit so einem Gauner gemeinsame Sache zu machen! Er gehört hinter Gitter!« rief er aufgebracht.

»Eine Überwachungskamera in meinem Haus hat die Entführung von meiner Frau durch ihn aus unserem Wohnzimmer und Flur aufgezeichnet!«

Waldschütz winkte einer dreiköpfigen Männergruppe, die am Seitengang des Plenums mit einem Beamer Aufstellung genommen hatte: »Los! Film ab! Zeigt es allen diesen Scheinheiligen!«

Und schon wurde der eingeschaltete Beamer auf eine Seitenwand gerichtet und der Film abgespielt.

Was alle dann sahen, waren Videoclips, die zeigten, wie Felix Krittin seiner Exfreundin Gerrit Lohse in einem Wohnzimmer half, einige Kleidungsstücke in einen Rollkoffer zu verstauen – und sie ihn dankbar umarmte – und wie er in einer weiteren Sentenz mit ihr und dem Gepäck durch den Flur zur Haustür ging.

»Was soll denn das für eine Entführung sein?« rief Rainer Kreuter dazu. »Gerrit Lohse geht hier doch ganz offensichtlich freiwillig und sogar erleichtert und dankbar mit Herrn Krittin mit!«

»Er hat sie verführt, das zeigen noch ganz andere Aufnahmen, die wir hier aus Anstandsgründen rausgenommen haben – und schließlich hat er sie unter psychischem Zwang zum Mitgehen gezwungen!« meinte Waldschütz böse.

»An Vanessa Kreuter hat er sich scheinbar ebenfalls mit psychischem Zwang rangemacht!« fügte Roger Scharff noch laut hinzu.

»Gerrit Lohse, mit der ich früher mal eine kurze Beziehung hatte, hat sich an mich gewandt – ja auch angefleht, ihr zu helfen, von ihrem – nach ihren Worten – despotischen Mann freizukommen«, erläuterte Felix Krittin. »Sie hielt dessen herrische Gängelung und psychischen Überwachungsdruck nicht mehr aus und wollte nichts als weg von diesem Tyrann, das war alles. Sie tat mir einfach leid, deshalb half ich ihr«.

»Eine unverschämte Lüge!« schrie Waldschütz jetzt rot anlaufend und haute wütend auf seinen Pulttisch. »Ich werde Sie hinter Gitter bringen! Verlassen Sie sich darauf! Und mit solch verbrecherischen Subjekten machen die Kreuterer auch noch gemeinsame Sache!«

Felix Krittin aber hatte inzwischen von seinem Smartphone aus Gerrit Lohse angerufen und erreicht. »Ich stelle dich mal laut«, sagte er zu ihr und dann fragte er sie: »Hörst du zu? Wir sitzen hier gerade alle im Plenarsaal und auch dein Mann, der mich jetzt wegen angeblicher Entführung seiner Frau hinter Gitter bringen will. Sprich mal laut und sage bitte hier den versammelten Mitgliedern, was mit dir und Igor Waldschütz Sache ist!« forderte er sie auf. »Waas?« hörten alle ihre Stimme aus dem laut gestellten Gerät rufen. »Entführung? Entführung ist gut! Ich bin froh, dass ich von diesem Despoten endlich weg bin, der Frauen nichts als unterdrücken kann und sogar zu Hause auch noch eingesperrt hatte, weil ich von ihm weg wollte. Ich hatte Herrn Krittin tatsächlich inständig gebeten, mir bei der Flucht zu helfen, weil ich wenigstens ihm vertrauen konnte – und jetzt bin ich außer Landes endlich frei und an einem sicheren Ort!«

»Gerrit! Was redest du da für einen Irrsinn! Wer hat dich per Gehirnwäsche dermaßen umgedreht?« rief Waldschütz aufgebracht in den Saal. »Du weißt ja überhaupt nicht mehr, was du redest!«
»Doch, doch, Igor. Das weiß ich sehr wohl – und lebe meinetwegen wohl, aber ohne mich!« erwiderte sie somit öffentlich. »Du hörst noch von meinem Scheidungsanwalt

aus Berlin. Deinen Nachnamen hatte ich ja Gottseidank gar nicht erst angenommen«.

Und damit schaltete Felix Krittin die Laut-Taste an seinem Smartphone wieder ab und verabschiedete sich mit einem kurzen Danke von ihr.

»So – haben es alle verständlich mitbekommen, wie der Sachverhalt wirklich war?« rief Felix in den Saal. »Ich glaube, da erübrigt sich jedes weitere Wort«.

»Von wegen!« tönte Igor Waldschütz immer noch erregt. »Eine ganz üble abgekartete Sache ist das!«

»Richtig, das war es, aber von eurer Seite!« meinte Rainer Kreuter nur dazu.

»Lass' gut sein, Igor«, wandte sich Roger Scharff nun an Waldschütz. »Wir besprechen die ganze Sache intern, wie wir weiter vorgehen. Das bringt hier nichts mehr. Da gibt es sicher noch einiges aufzuklären, Herrschaften!« meinte er dann zu Felix und den Kreuters.

»Ich glaube Herrn Krittin übrigens, dass er Gerrit Lohse nicht verführt hat und dass da auch gar nichts Entsprechendes gefilmt sein kann! Das gilt es höchstens aufzuklären!« sagte nun Vanessa laut. »Da wird das Ganze noch als Schwindel-Behauptung nach hinten losgehen«.

Philipp Kreuter beendete danach sogleich die Plenarsitzung mit den Worten: »Gott sei Dank, dass der angebliche Eklat hier als ein aufgeblasenes Windei vor aller Ohren geplatzt ist. Das trägt doch viel dazu bei, für jedermann erkennbar zu machen, wer hier noch Glaubwürdigkeit besitzt und wer nicht! Ich wünsche uns allen deshalb weiterhin so eindeutige Klarheit!«

***

Nach all den Querelen, Putschversuchen, tatsächlichen und vermeintlichen Eklats kehrte in den folgenden Tagen und Wochen nun eindlich veganpolitische und allgemeinpolitische Ruhe in der Republik Vegania ein.

Die Verkündigung der neuen toleranteren Staatsverfassung in den Medien sorgte sogar dafür, dass sich neue vegetarisch, flexitarisch oder vegan orientierte Menschen von Außerhalb in Vegania meldeten, um hier eventuell häufiger zu essen, zu verkehren oder auch hier leben zu wollen. Mehrere Hundert Leute interessierten sich für eine zweite Staatsbürgerschaft, um Mitglied bei der Vita Vegan werden zu können.

Auch die Oppositionspartei PicaVega verlor nach dem kläglichen Eklatversuch von Igor Waldschütz im Plenum so manche Mitglieder an die Vita Vegan.

Die extremveganistische RogaPur verließen nach dem Wählerabsturz und dem Verlust ihrer Anführerin Milli Tantes zig Mitglieder durch Auswanderung nach Berlin und heimlichen Beitritt bei der VEGAFRA, wo sie wieder gemeinsam mit der Tantes nunmehr in Berlin für ihren strammen Veganismus kämpfen wollten.

Roger Scharff gelang es zwar, einige ihm zugetane ehemalige Kollegen von der Vegapol zur PicaVega wegzuholen. Dafür aber traten eine ganze Reihe Vita Vegan-Mitglieder zugleich an die nunmehr von Rainer Kreuter geleitete Vegapol für eine Aufnahme und Polizeischulung heran. Rainer Kreuter als neuer Innenminister und Vegapol-Chef sowie Vanessa als neue Außenministerin, die seine Liebe verschmäht hatte, wurden damit natürlich zu seinen »Lieblingsfeinden«. Damit sollte der künftige innenpolitische

Kampf mit neuen Protagonisten weiterhin für abwechslungsreiche Staatsdebatten sorgen, damit es im Kleinstaat Vegania nicht langweilig wurde.

Felix Krittin konnte als Flexitarier die zweite Staatsbürgerschaft in Vegania erwerben und – da inzwischen etwas Kleines bei ihr unterwegs war – seine geliebte Vanessa auch heiraten. Beide bewohnten inzwischen ein neues veganes Haus in Veganathal und ihre Jobs führten sie dazu, nicht nur zusammmen zu leben, sondern sich zudem häufig beruflich im Berliner MyLife aktuell Verlag und in der Staatsveganei zu treffen.

Am 1. Juni des folgenden Jahres schließlich wurden beide glückliche Eltern von zweieiigen Zwillingen, einem Jungen und einem Mädchen namens Roby und Jilly, und so wurde aus Veganias Staatsveganei tagsüber auch eine – allerdings aus Gesundheitsgründen noch nicht vegane – Staats-Kita. Anlässlich der Geburt der beiden Nachwuchs-Veganier und des Überschreitens der 10.000 Einwohner-Marke wurde außerdem ein vegetarisch-veganes Staatsfest gefeiert, zu dem die wiederum auftauchende und motzende Milli Tantes nicht eingeladen war, aber erneut verhaftet und des Landes verwiesen wurde.

***